無妙記

ShiChirO
FukazaWa

深沢七郎

P+D BOOKS
小学館

目次

無妙記

或る年の早春——三月二十五日の昼すぎ、京の西大路から衣笠山に近い或るアパートの一室で一人の男が隣室の三人の男の話し声を聞いていた。耳を傾けているその男は、もう六十歳をすぎていて持病の腕の神経痛で悩んでいた。その男は今日、すぐそばの北野天神の境内で毎月二十五日に開かれる縁日の出店に骨董品を並べて買い手を待つことになっていた。それが、その男の職業で、毎月二十一日は九条大宮の東寺の境内にたつ市に出掛けて、次の、今日の北野天神の市までの三日間がその男の休み日になっていた。その三日間の休み日も月づきの精算をすることになっていた。縁日の出店で売りさばくよりも同業者のあいだで交換のように行われる仕入れと売りさばきが多いので、精算といっても同業者どうしの精算だった。が、この三日間は腕の神経痛がおきていたのでその精算もすんでいなかったのだった。精算は金の貸し分の方が相手の家へ出掛けて金の催促をするのである。京の三月は、北野天神の出店には梅の花びらも椿の花びらも盛りだが、まだ寒いのである。三月一日から十三日まで〝お水とり〟と呼ばれる寒い日が続いて、それが終れば暖くなるが彼岸が終る三月二十六日は〝比良《ひら》の八荒《はっこう》〟と呼ばれる真冬のような寒い日が来ることになっていた。その比良の八荒は、今年は一日早く二十五日の夕刻から雨と風と雪を孕《はら》んで来るのだが、北野天神の出店の人達は「降るかもしれへんが」と思ってはいるが降り出すまで店を並べていた。腕の神経痛の男は北野天神まで荷を運ぶことが出来なかったので四条の西洞院《にしのとういん》の知人に運んでもらって、ついでに店の番まで頼んだのだった。腕の神経痛の男はもうひとつの用事——六波羅の同業者のところへ貸し金を受け取りに行くことになっていた。その貸し金は手持ちの品を廻して、それが売れた金だった。腕も痛いし、北野天神の市の日だが約束の日なので、これから受け取りに行く時間を電話で打ち合わせてから行くことになっていた。その電話は西大路の赤電話のところへかけに行くのだが隣室の三人の男たちも電話をかけに行くらしいのでついでにかけてもらおうと思ったのだった。六波羅の同業者に廻して売れたのは狂言面が四個だった。手許には「お福」と「蛇面」と「翁」「熊野《ゆや》」の四個しかないが、ほかに金物の行道面《ぎようどうめん》が十以上も残っていて、これは仏像関係なので売れ行きも遠いが看板がわりに持ち出すし、ほかにも紙張子の面がかなりあるのだった。面物は看板でほかの小物——古銭や取手や碗物や花瓶の方が売り買いも早いし、数も量も小物の方が売れるのだった。小物はリンゴ箱や行李や茶箱に入っているので積み重ねておけるが、市へ出すたびに部屋へ拡げて整理をしなければならないのだった。だが、今朝の北野天神の市へ出した後なのでまだ片づいていない。このせまい四畳半の部屋から出るにも入口を片づけなければ足の踏み場もないので坐ったまま隣室へ声をかけて頼もうとしていたのである。隣室の三人の男は大学生でそのなかのひとりが部屋の借り主で、他の二人は用事があって来たのだった。

「うーん、俺、いま、女《スケ》が来るんだ」

というのは隣室の借り主の大学生で背の高い、ボート部の主将の声である。

「スケーなア。ゆうべのスケか？　新車か？」

と洒落で言うのは「運転手」と呼ばれる大学生である。背も顔つきも中学生ぐらいしかないが自動車部員でクルマの運転ばかりをしているから「運転手」と呼ばれていたのだった。この男はこれから名古屋にドライブして正面衝突をして、夜なかには死骸となって運ばれて来るのだった。そうして、間もなく、そこの金閣寺の裏の火葬場で白骨になってしまうのである。「運転手」と呼ばれる大学生はこれから名古屋までクルマを飛ばすのだが、このボート部の主将を誘いに来たのだった。

「早くしろよ」

と、運転手は急がせた。

「ハートくれよ」

と、ボート部の主将は言った。これも洒落らしい。ハートというのは運転手が胸にさげている「アダシのコゴロ」と呼ばれているペンダントのことだった。ネックレスについているハートの形をした模造ダイヤのペンダントだが、これは運転手が東北弁の女性から貰ったとか、巻き上げたとか言っているが実際はそうではなく、拾ったとか、五十円で買ったものだとかと言われているのだった。前に東北弁の女友達があって「わたしの心は燃えている」というのを「アダシのコゴロはハートなの」と、これも、言ったとか、言うらしいとかとこの大学生たちは言っていた。そんな話題からこのペンダントを「アダシのコゴロ」とこの仲間たちは呼んでいて、運転手の物だがボート部の主将は自分の物のように胸にぶらさげていた。洒落を言えば、それでそのことは解決してしまうのだった。ボート部の主将はこれから運転手と一緒に名古屋へ行くのか、行かないのかもまだきまっていないらしい。もうひとりの男も大学生でやはりボート部の部員だった。部員の中の父親が死んで、あした、その葬式に部員を代表してこのふたりが行くことになっていて、その打ち合せに来たのだった。まもなくここへは主将のデイトの相手が来ることになっていた。その女は、前に、運転手の相手の女だった。が、運転手はまもなくここへ来る女が誰だか知らないのだった。主将はその女と運転手はなるべく顔を合せないほうがいいと思っていた。隣室の腕の神経痛の男は電話をかけに行く話のついでを待っていた。隣室では

「ダレが死んだんだ?」

「部員のオヤジが死んだんだ」

「タイしたことないじゃないか」

「クルマはダレの?」

「いくらにきめるんだ、香典は?」

「タイしたクルマじゃないよ」

「タイしたことしなくてもいいんだ、どうせ学生の香典だから」

「早く片づけろよ、スケなんか」

「タイしたことまで進まないだろう」

「なんだ、シャレだったのか」

「スケが来たら、気を効《き》かせろよ」

「あ、キたらキをキかせてどこかへキえるからな」

「キが早いんだ、オレ」

と、仲間の二人は帰るらしい。腕の神経痛の男は電話のついでがないことになったので自分でかけに行くことにした。隣室では仲間が出て行ったらしい。すぐ、ノックの音がして
「いる?」

と女の声である。

「なーんだ、いま、運転手が」

「逢ったわよ、入口で」

「何か言ったかい?」

「べつに」

と女の声がして大学生の部屋は静かになった。何か話しているらしいが小声になったので聞えない。腕の神経痛の男は部屋を片づけて電話をかけに出掛けた。彼岸から暖い日がつづいたが今日は厳冬のように寒く、曇り日で風も強い。六波羅の同業者の電話はすぐ片づいて、夕方か、夜なら「狂言面」四個の代金四千円は支払ってくれることになった。男はそれから北野天神の自分の売り場へ廻った。毎月の二十五日にたつこの市は三千軒も出店が並んで、植木市から瀬戸物市、呉服市はハギレ物から花嫁衣裳まで、ズボン市から背広市、ジャンパーから靴の

市まで、食料品、菓子、雑貨市まで並ぶので、境内はせまくなったうえに人ゴミで自分の売り場へ行くまでにはかなり時間もかかるのだった。風かげんで雨がときどきパラパラするが出店の人達も人ゴミもまだ帰り仕度をしない。腕の神経痛の男の売り場の前が漢方薬の呼び込みで人だかりになって売り場は隠れてしまったのだった。それに店番を頼んでおいた西洞院の手伝い男の姿も見えないのだった。雨も降って来るらしい。人に頼んだ店番ではアテにもならないので（早く、仕舞って）と、腕の神経痛の男はもうすぐ雨になると思っていた。西洞院の手伝い男は隣りの薬屋の売り場の蔭で将棋をさしていた。

「雨になるから、もうダメだよ、仕舞ってくれ」

と頼んだ。

アパートへ帰ると隣りの大学生の部屋はドアーが開け放しになっていて主将がひとりでこっちを向いてたばこをのんでいた。女はもういないらしい。少したつとまた誰か来たらしい。

「ヤツは名古屋へ行ったよ、オレ、風呂へ行って来たんだ」

と、さっきのもうひとりのボート部の大学生らしい。

「あの女《スケ》、生意気だよ」

と主将の声は不機嫌らしい。

「そうか、蹴ってしまえばいいのに」

と部員の声である。

「蹴らせねえんだ、オレ、ああいうスケは嫌いだよ、モッタイぶって蹴らせねえんだ」

蹴るということは肉体交渉のことらしい。

「あしたの、葬式は、いくら?」

と部員はあしたの打ち合せを早くすませたいらしい。

「あした、葬式なんかに行くんでシメッポイから、オレ、ウサばらしに、スケコマしたんだが」

と主将はまだ女のことを言っているらしい。

「サイショ、あんなスケ、どっちでもいいと思ったんだが、蹴らせねえから、シャクだよ、ボートの試合に負けたと同じなんだ、アタマにきたよ」

と主将は腹を立てているらしい。隣室の腕の神経痛の男は紙張子の「三番叟《さんばそう》」の狂言面の裂けめを修繕していた。階下の入口で「ピィ、ピィ」と口笛が聞えて自転車が止った。北野天神の市の手伝い男はもう片づけて帰って来たらしい。荷はリンゴ箱に二つだけで、ここまで運んでくればそれでいいのだった。

「やっぱり、今日はあきまへんわ」

と手伝い男が言いながら二階へ荷を運んで来ると雨は急に激しく降ってきた。(早く、仕舞って、よかった)と思っていると、雨はすぐ止んで陽がいっぱい射しこんできた。

「あ、やんだ」

と手伝い男は言った。

「いや、すぐ降ってくるよ」

腕の神経痛の男は雨は降りどおしになるだろうと思っていたのだった。

「ダメだよ、今日は降るよ」

そう言ったが
「困ったな、夕方、六波羅へ、四千円集金に行かなけりゃならないんだが、夕方は、雨がひどくなるだろう」

と、つぶやいた。

「売れたのは湯コボシが、ひとつだけで」

と、西洞院の手伝い男はポケットから五百円札と百円札を二枚差し出した。腕の神経痛の男は、この手伝い男に三百円支払わなければならないのである。だが、この五百円札では支払えないので百円札にしなければならないのだった。

「隣りで」

と、隣室へ入って行った。

「百円になりますか?」

と、五百円札を出すと
「さー」

と、主将はあくびのような返事をした。

「俺に」

と、横で、もうひとりの大学生が言って胸のポケットをさぐった。

「スケのことはスケのこと、あしたの葬式の香典は？」

と、まだあしたの打ち合せはすんでいないらしい。

「テキトウに」

と主将は言った。また
「ちえッ、あのスケ、生意気だよ、モッタイぶって」

と、まだ女のことを言っているらしい。主将はあしたの打ち合せのことも考えていないし、五百円を取り替えに来たことも考えていないらしい。腕の神経痛の男は主将の顔を眺めた。女のことしか考えていないらしいが（若い者は）と思った。主将の腰のあたりを眺めるとズボンのボタンは外れたままである。腕の神経痛の男は、ふっと、自分の若い頃のことを思いだした。この主将と同じような事があって、その時を思いだしたのだった。女を口説いて、思うようにならなくて腹を立てた時の、その時の自分の姿が目の前に現われたように思えたのだった。（これは、何年ぐらい前の、自分の）と思った。もう、四十年も前のことだが今、目の前には四十年も前とそのままのような気がしたのだった。そう思うと、目の前のこの大学生の姿も、四十年もたてば自分と同じような老人になるのだとも思うのだった。それから、（その頃は、自分は）とも想像してみた。腕の神経痛の男は勿論、死んでいて骨壺の中に入っている白骨を想像していた。だが、(誰でも、同じなのだ)とホッとした。もう四十年経つことも、五十年経つことも、六十年経つことも、百年経つこともそんなに変りのないことで、この大学生も結局は白骨になるのである。腕の神経痛の男は今は骨董屋だが、以前は面作りだったのである。だから、面ばかりを作ったり、顔や姿のことばかりを考えているうちに、人相とか手相を眺めることは骨相を眺めることと同じに考えるのだった。腕の神経痛の男は目の前にいる大学生が白骨の姿に思えてきたのだった。

「百円札、五枚ありますよ」

と、もうひとりの大学生が札を出した、その姿も白骨の姿に想像しながら腕の神経痛の男は五百円札を取り替えたのだった。廊下で、西洞院の手伝い男に三百円支払うのだが、この手伝い男の姿も白骨に思えながら渡したのだった。

腕の神経痛の男はアパートを出た。西大路の大通りに出ると目の前を一台の霊柩車が走っているのが目に映った。金閣寺の裏の火葬場へ行く死骸を乗せて走っているのだが、その運ばれている死骸も間もなく白骨になるのである。霊柩車のあとからタクシーが二台つづいて走っていて、中にいる喪服を着た会葬者たちは、何年か、何十年たてば白骨になるのである。だから、いま霊柩車で運ばれている死骸とはわずかの別れだが、別れを惜しんで憂いに沈んだ顔をして乗っているのだった。腕の神経痛の男は銀閣寺・百万遍行の市電へ乗った。

電車の中には白骨たちがいっぱい詰って乗っていた。これから映画を見に行く白骨たちや、

夕食の買物に行く白骨たちや
（わたしの着ているお召の着物や西陣帯はなんと美しいことだろう）

と思いながら乗っている白骨たちが顔を合わせたり、電車がゆれて顔が触れそうになったりするがお互いに黙り込んでいた。電車が「北野」の停留所で停った時だった。雨がどーっと降りだして北野天神の境内から、どーっときた参詣者たちの集団が電車に押しよせるように乗ろうとしたのだった。季節風の〝比良の八荒〟は一日早く来ていたのである。

腕の神経痛の男はここで降りて、出店の様子をみることになっていたのだが、白骨たちが詰め込んできたので降りることが出来なくなったのだった。吊り革に手をかけると腕の神経痛が痛むので押しつぶされるように白骨たちの中に立っていた。腕の神経痛の男はこれから六波羅へ貸金を取りに行くのが仕事だった。

その頃、六波羅の借金男は、腕の神経痛の男が借金取りの催促に来ることを知っていて、（来たら、かくれていて、顔を合せないでいよう）ときめていたのだった。借金の男はまだ二十歳か、二十二歳である。母親がひとり、息子ひとりでいて、借金取りが来たらその応対は母親がすることになっていた。この母親も五十歳をすぎていて、身体の中には病気が起っていた。そうして、二、三年あとには白骨になるのだった。

カタ、カタと腕の神経痛の男が路地を入って来る音が聞えて、息子は部屋の隅に重ねてあるフトンのかげに隠れた。せまい一間しかない家なので、入口のすぐそばだが隠れるにはそこしかないのだった。

「バカにしてるやないかい」

と腕の神経痛の男は板ごうしを開けて入りながらもうそう言っている。挨拶も、なにも言わないのは、何遍も催促に来て、そのたびに母親から嘘の返答をされているからである。格子戸を開けるときから怒っているのだった。

「むすこが、いま、いまへんよって」

と白骨の母親は横をむいて相手にしなかった。

「阿呆やないか、わては」

と腕の神経痛の男は言った。つづけて
「金が欲しいのやないで、金より、あいつの口ぐるまにのったのがいまいましいんやで」

と怒鳴った。

「なにをお言いやす、そんなつもりやおへん」

と母親の白骨は言った。

「いや、そんなつもりやないか、はじめから。いっぱい食わされたのがいまいましいわ、あの、アホーに」

と腕の神経痛の男が怒鳴ったとき、フトンのかげに隠れていた息子が眼をむいた。隠れて、怒鳴られるのを聞いているので、すっかり頭にきてしまったのだった。まっ赤になった顔つきで、いまにも立ち上ろうとした。そのとき、母親の白骨が口を開いた。

「お返し、しまひょう、今夜」

と言った。母親はすぐそばのフトンのかげにいる息子が、いまにも飛び出そうとする様子を横眼で睨んでいたのだった。息子の手には、いつのまにかナイフが握られていて、その手がふるえていたのである。母親は、とっさのまに嘘を言ってしまったのだった。

「ほんまやナ」

と、神経痛の男は言って
「今夜、何時までや？」

という声は怒鳴り声から急に静かな口調になった。

「お届けしまひょう、今夜じゅうに」

と母親の白骨は言った。

「ほんまやナ、うっふっふ」

と腕の神経痛の男は格子戸を出て行った。母親の白骨は、ぐっと外を睨《にら》んで
「うちが、支度してみせたるわ」

と言った。

「あいつを、殺したるぞ」

と息子は言った。

「心配せんでもええで」

と母親の白骨は言った。母親はこれから借金の四千円を支度するのだが、その方法を思いついたのだった。その方法は西洞院の手伝い男の家へ行って、その男の部屋代を一時借りて来ることにしたのである。母親の白骨は毎月二十五日は部屋代を払うことを知っていて、その部屋代を借りることにきめたのだった。西洞院の手伝い男も、六波羅のここの息子も以前は腕の神経痛の男の手伝いをしたことがあったのだった。母親の白骨は、洋傘をさして雨の中を西洞院の手伝い男のところへ出掛けて行った。母親の出て行ったあと、どーっと雨が激しく降りだした。風が強く吹いてきた。バタ、バタと便所の横に吊してある手拭いが風にあおられた。

「よし、殺したる、あいつを」

と息子は立ち上った。息子は腕の神経痛の男を殺そうと立ち上ったのである。息子はナイフを握って雨の中を出て行った。

雨がどーっと降ってきて、腕の神経痛の男は京極の裏町で食堂へ飛び込んだ。夕食をするのだが、丁度、雨やどりにもなったのである。

「天井ひとつ」

と注文した。

「並でええわ」

と上物ではないのを食べることにした。隣りのボックスでは二人の白骨が骨つきの鶏のカラあげをシャブりながら話していた。

「判決は、今日きまったよ、死刑だ」

「やっぱり、死刑か、無期になるかと思ったが」

「とてもだめだよ、無期には」

「判決の理由は」

「裁判長は言ったよ、〝俺はお前のようなことはしない、俺はお前とはちがうぞ、お前は強盗、殺人、放火だ、俺はお前のようなことはしない〟と言ったよ」

「それで、キミは？」

「俺など、なんでもないよ」

「キミも、その共犯じゃないか」

「俺はまだ捕まらないからいいよ」

「ヤツひとりで、しゃべらないのだな」

その向うでも三人の大学教授の白骨たちがエビの天ぷらを食べながらしゃべっていた。白い歯でエビの天ぷらを食べながらひとりの大学教授の白骨は言った。

「天ぷらを美味いという者は味覚の発達した者だよ、つまりなんだよ、天ぷらの味の美味さが判る者は、味覚が鋭敏で、つまりなんだよ、天ぷらの味の美味さが判る者は味覚に関する神経がすぐれているということなんだよ」

もうひとりの大学教授は白い歯を出して、やはりエビの天ぷらをしゃぶりながら言った。

「そうなんだナ、それは天ぷらを好きな者の前で言うことなんだ、だから、それは相手に口うらを合せて言うことなんだな、実際は天ぷらの味を美味いと感ずる味覚ぐらい愚かな、ゲスな、鈍感な味覚神経はないんだな、つまりなんだよ、天ぷらを美味いという神経は味覚の劣った者なんだよ」

そこでもうひとりの大学教授の白骨が言った。やっぱり大きな白い歯をむきだして、エビの天ぷらをしゃぶりながら言った。

「そうそう、揚げた物に美味いというものはないんだ、熱いアブラの味は、マムシとかウナギとかいうものと同じなんだな、ウナギを美味いと感ずる感覚は、最低の味覚だよ」

三人の白骨はエビの天ぷらを食いながら喋っている。雨がどーっと降って、京極の通りは修学旅行の白骨の群れが押しよせるように通っていた。土産物売り場の白骨の売り子が黄色い声で
「とても、お気の毒な品物だけど、早く買ってお土産にしなさいよ」

と声をはり上げていた。その隣りの喫茶店では二人の女の白骨が向い合って話していた。そのひとりは「アダシのコゴロ」という似せもののダイヤのペンダントを胸にぶらさげていた。その白骨は言った。

「学生なんて、相手にするものじゃないわ、わたしの、このダイヤのペンダントを奪おうとしているのよ、このペンダント、本物のダイヤモンドよ」

ほんとは、このペンダントは、さっき、学生からもらったもので、また、似せもののダイヤだとよく知っているのだった。

「まあ、ほんと、そのダイヤ、やっぱりね、本物は色がちがうわよ」

と、もうひとりの相手の女の白骨は言っていた。その女は、溜めいきをついてそのペンダントを眺めていた。

その頃、京極の通りを四条に向って歩いているのは夕食の天丼を食べ終った腕の神経痛の男であった。また、その頃、六波羅の借金男は河原町を四条から三条へ歩いていた。ナイフで腕の神経痛の男を刺そうと探しまわっているのである。腕の神経痛の男はまもなく六波羅の金を貸した男にナイフで刺されるのである。そうして、その傷が原因でその年の暮、死骸になって火葬されて、バラバラの白骨になるのだが、そんなことは全然知らないで京極の通りを歩いていた。

その頃、六波羅の借金男の母親は西洞院の手伝い男の部屋で話していた。

「今月の、部屋代を集めに来たんや」

と母親の白骨は言っている。

「あれ、妙やナ、どうして、あんたが部屋代を集金するんや?」

と手伝い男は変に思ったが、知りあいの間なので、変だとは思ったが、部屋代を渡すことにした。

母親の白骨は部屋代の四千五百円を受け取った。借金は四千円で、これから衣笠山の腕の神経痛の男のアパートへ返しに行くのである。その部屋代は部屋の持主には黙って借りてしまったのである。借りてしまってから、部屋の持主に「貸してもらうこと」の諒解を求めに行くつもりだった。部屋主に諒解をしてもらうことを頼みに行くか、それとも、腕の神経痛の男のところに返しに行くか、母親はちょっと、迷ったが、

「先に、返して、それから、部屋主のところに頼みに行こう」ときめた。

京の都は古い歴史を持っていた。千年以上もの長い間、都会であったので、人間が密集して住んでいた。その間、その土地では大勢が死んで、土の下には数えきれない死骸が埋められて白骨になっているのである。

雨は一時止んでいたが比良の八荒の季節風は、しつこく吹いた。どーっと雨が吹きつけて、京極の通りでは修学旅行の高校生たちの白骨の集団が雨の中を走り廻っていた。地下には無数の白骨が散らばっていて、腕の神経痛の男は、そんな光景を思い浮べて京極の通りを眺めていた。雨やどりをしているのは土産屋の軒下である。店の中では

「おいでやす、この羊羹、一箱七十円で仕入れたんどすけど、三百五十円で買うたらどうどす」

と、ひとりの白骨の女が騒いでいた。

〔1969（昭和44）年「文藝」11月号 初出〕

妖術的過去

冬の町の灯は霧の中に光りを休めているように輝いている。その町の灯を眺めながら金次はぼーっとすぎてきた日のことを思い浮べていた。去年、還暦の年をすぎたのだし、いまさら妻と別れることは不安を感じてもいるのだが、あの過去のことを考えると、別れることにきめたことがよかったと思うのだった。それほど金次は自分の過去の日のことが、このごろは重たく感じているのだった。さっき、妻と別れて家を出てきたのである。それというのも、ついこないだの出来事からだった。あのとき、偶然なことから妻の姿が変った姿になってしまったのである。いままで、なにかのときに、そのことについて聞かされていたことだが、金次は気にもかけなかったことだった。それはずーっと昔、金次がまだ二十歳になった頃だった。

自動車が初めて姿を現わしたのだった。その頃、それは初めて見た物だから誰でも好奇心をひかれたものだった。金次の過去は、町にたった一台しかない自動車の運転手と知りあいだったことから始まるのだった。もし、その運転手と知りあいでなかったら彼の過去も変っただろう。そのとき金次は自動車のハンドルを握りたくなった。その頃は自動車の運転手の横の席——助手席には助手が乗っていることにきまっていた。金次はよく助手席に乗せてもらって、助手の役目をしていた。助手ではなかったが助手と同じように乗っていたのだった。だから運転の操作もほとんど知っていた。その頃の自動車は国産車はなくアメリカ製だった。その時、その自動車はフォードだった。その頃は外車でもエンジンをかけるにはくるまの前にまわって手でまわしてかけていたのだが、金次は助手の代りをしていたのでエンジンのかけかたも慣れていた。

その時、運転手がどこかへ行っていたのだった。自動車の用事が出来たのだった。その頃、自動車は一般の用事では使われなく、冠婚葬祭か芸者をお座敷に送り迎えをする仕事だけに使われていた。その時、芸者屋へ芸者を迎えに行くときだった。相手の家も顔なじみである。その時、金次は「よーし」と思った。「俺が運転して行こう」ときめたのだった。自動車の運転免許証もないのだが行く先が顔なじみなのでいつも思っていたこと——運転をするチャンスがうまく出来たのだった。うまいぐあい運転手がいない、金次は自動車の前にまわって手でエンジンをかけた。それから運転台に乗ってハンドルを握った。まだ運転手は現われない。「うまくいった」と金次はクラッチをふんでギヤーを入れた。自動車はすーっとうごいた。それまで金次は自動車の車庫入れなどは運転したことはあったがまっすぐの道を走らせるのは初めてだった。その頃の道は町のなかでも自動車など走っていない。自転車か荷馬車だから運転は金次の思うように出来るのだった。そのとき、芸者屋から料理屋まで芸者を送った。無免許だが仕事の役に立ったのである。かえりはなんとなく痛快になった。金次はスピードを出したくなった。一人前の運転手のようなつもりになった。「アッ」と思うまに金次の車は黒い、大きいものを跳ねとばした。「なんだろう」と車を止めると荷車が転がっていた。道の横に大きい馬が倒れていた。金次の自動車は馬を引っかけたのだった。「ちょいと、さわっただけだ」と金次は思った。「あれ、あんなことで馬が転がるものかねえ」と金次は言ったが馬を引いている馬《うま》方《かた》は「わあわあ」大声で泣いていた。「あーれ、なんでえ、ちょっとさわっただけじゃねえかい」と金次は馬方に言ったが馬は起きあがらなかった。

その日暮れ頃、馬は死んだそうである。金次の自動車の運転手が馬方の家へ謝罪に行って話をつけてきたのだが、金次は無免許なので運転手が責任をとることになった。運転手が運転をしていたことになって、馬の代金は二十円ですむことになった。馬方は農業で、その馬は年寄っていた牝馬だったそうである。「馬にもいろいろあって、良い馬なら六十円もするそうだ、が、あのうまは老いぼれ馬で」と、二十円の賠償を出すことになって馬方との話はきまった。金は金次の父親が支払うことになったが「人間を轢《ひ》き殺したよりも馬でよかった」と、その頃、二十円は一ヵ月の月給ぐらいの大金だがそれですんだのだった。警察問題にもならなかった。警察でも自動車事故は初めてだったので、被害者との話しあいがつけばそれですんだのだった。「ひき殺されたのが、人間じゃねえから、警察でも始末の仕様もねえさ」と運転手は言っていたそうである。金次は父親に二十円ださせたことは申しわけないことで盗られたようにさえ思うほどだった。たしかにスピードはかなりだした覚えはあるけども轢いたのは気がつかないほどの軽くひっかけたぐらいだったのである。

それから、一ヵ年ばかりたった頃だろう、金次が女と知りあったのはずっと離れた外《ほか》の町の居酒屋だった。そこで働いていたその女と世帯を持った。金次は運転の免許証もとって一人前の運転手になっていた。いつだったか女が「あれ、あのときの馬を轢いたのはキンちゃんだったの？」

と、女は金次が馬を轢いたことを知って驚いたようだった。女は金次のことをキンちゃんと呼んでいた。女は轢かれた馬の家の隣りの家の娘だったのである。馬が轢かれて死んだ晩、誰ともなく村のなかでは馬の肉を売ったり、買ったりしたそうである。

「おかげで、村じゅうで肉を食ったよ、あたしも食ったよオ」

その頃は肉を食べることはめったになかったのだった。

「そうか」

金次はあの時、馬の代金は父親が支払ったのに肉は売ったのだから損をしたような気がしたのだった。そのことで、金次は父親に「馬の肉は売れたのだから、馬の代金はもっと値切ってもよかったのに」と文句を言った。

金次の女が轢いた馬の隣家の女だと知ったとき父親は驚いた。金次は家の者たちには女と一緒になったことなども黙っていて、金次が運転免許証をとった頃から、いつのまにか外の町に家を借りてしまったのだし、なにかの用事で父親がそこへ行くと、「キンちゃん〱」とそばに貼りついているように女がいて、父親も家の者たちも女には反感を持っていたのだった。その女が轢いた馬の隣家だと知って、父親は
「馬頭観世音の祟りだ」

と言いだした。それは、父親が思えば、金次は、「すーっと免許証をとった」と言う。「すーっ

と」と言うのは家の者も知らないうちに運転免許証をとったから、そんなふうに感じたのだろう。「すーっと、家を出てしまった」と言うのはこれも家の者たちには黙ったまま、いつのまにかほかの町へ行って家を借りてしまったのだった。そして、いつのまにか女がそばに「貼りつくように、いつでもそばにいる女」がいることは金次の父親としては苦がにがしく思えることだった。その女が轢いた馬の隣家で、隣家と言っても父親が気になることは「轢いた馬の鬼門《きもん》の家」になっているそうである。鬼門は丑寅《うしとら》——北東のことでその頃は易、方位を信じている者が多かったのだった。女の家は北東ではなく南西になっていた。金次は父親に女のことを「馬頭観世音の祟り」と言われることに反ばくして「轢いた馬の鬼門じゃねえよ、アハ、、」と笑っていたが父親は「鬼門は北東だが、その裏——反対の方位は裏鬼門と言って、やはり鬼門だ」と言っていた。

女は金次の子をふたり生んで死んだ。それは太平洋戦争になって金次は召集兵で戦争に行っていた留守のことだった。女は東京の空襲で死んだ。なぜ女は空襲中に東京へ行ったのだろう。これも、「すーっと、東京へ行った」と家の者は言っていた。なぜ東京に行ったのか、その用事も知らせないで行ってしまったそうである。物資が不足している戦争中のことなので闇物資でも取りひきのためかもしれない。それにしても「すーっと」東京へ行ったのだそうである。これも金次の父親が兵隊になっている金次に女の死を手紙で知らせたのだった。

終戦になって、金次が復員して来ると女はいない。二人の子供は成長していた。ふたりとも男で十六歳と十四歳になっていた。
金次の弟も兵隊に行っていた。輜重兵《しちょう》で馬の係りだった。終戦になって復員したのだが内地だったので、「軍隊が解散になったので不用になった物はみんなで貰ってきた」と、軍馬を貰ってきた。馬のほかに兵隊の衣類や罐詰などをのせて、「馬を貰ったのだから乗って帰ろう」と馬に乗って帰ってきたのだった。途中、それは運命なのだろう、同じ方向へ帰る戦友たちと揃って馬に乗って帰ってきた。戦友たちとは途中で別れたのだが自分の家につく二十キロばかり手前で、金次の弟は二人だけになった。相手の戦友が
「俺の家は、ここを曲ればすぐそこだから寄って行ったらどうだい」
と金次の弟にすすめた。軍隊から帰ってきたので一刻も早く自分の家に帰りたいのだが、その時、金次の弟の馬は「すーっと」戦友の家のほうの道に曲った。そうすると、乗っている金次の弟も「寄って行こう」と思ったそうである。戦友の家に行くと、そこでは家中が大騒ぎをして歓迎してくれた。酒のないときだったが酒が出た。馬で帰ってきたのだから疲れているところへ酒を飲んだのだから金次の弟は酔いが早くまわった。つぎからつぎと酒をすすめられて金次の弟は動くことも出来なくなったのは当然のことだったろう。「泊って行け」と戦友にすすめられて寝てしまったが「えらいことになった」という声に眼をさましたのは朝もおそく陽は高くのぼっていた。「なんだろう、なにを騒いでいるのだろう?」と起き上って外へ出ると「へイタイさん、えらいことをしてくれたよ、畑のとうもろこしを、馬がみんな食ってしまった」

と言うのは戦友の母親である。もうかなりの年寄りだが農家では珍らしく派手な着物を着て

いて顔には化粧もしているようである。

「まあ、そこへ腰かけて畑を見てくだせえ」

そう言いながら戦友の母親はポーンと座ぶとんを縁側に抛《ほう》った。ポーンと投げた座ぶとんは金次の弟に「坐れ」と命令するようにうまく足許に飛んできた。「畑のとうもろこしをみんな食べた」と言うが、金次の弟はその座ぶとんに坐って、そこから見える倒れたとうもろこしを眺めただけだった。畑じゅうと言うが、そこから見えるところだけかもしれないが、「どうだねへイタイさん、とうもろこしをみんな食べてしまったのだから馬を置いていかんかねえ、私に売らないかね」という戦友の母親の言うとおりにすることにした。ゆうべ、酔ってしまったので馬をつないでおかなかったらしい。それは金次の弟の馬かもしれないし、戦友の馬かもしれない。それにしても、この家についたとき、たしか馬はつないでおいたつもりだったが酔っていたのでつながなかったと言われればそんなふうにも思えるのである。とにかく、馬を売ってとうもろこしを弁償することにしたが、終戦直後で食料不足だったからとうもろこしも尊い食料品だった。馬は七千円ぐらいするそうだがとうもろこしの代金もあるので戦友の母親の言う値——千五百円で売ることにした。

馬を売って金次の弟が復員してまもなくだった。馬を売った戦友の母親が尋ねてきた。

「兄さんに嫁を世話しよう」

と言ってきた。相手の女は金次より六つ年下で三十二歳だそうである。一度、結婚したが運悪く出戻っているそうである。離婚の原因なども女のせいではなく
「病気をして入院したところが、ダンナは一度も病院に来たことはなく、その家族も誰も来ない」
というひどい家に嫁に行ったのだそうである。「追い出されたのではなく、そんなダンナなら引き取ろう」と家に連れ戻したのだそうである。追い出された女なら欠点があるかもしれないが実家で連れ戻したのだから結婚の運が悪かったのだそうである。金次のふたりの男の子は成長しているから母親はなくても不自由はないが金次は復員するときから再婚に気をじらせていて、とびつくように話はきまった。見合をして、そのあと、一度、お互いが話し合って、結婚がきまった。お互いに再婚だから、と、祝言なども簡単にすませた。だから祝言と言っても女は簡単な支度だった。戦争が終ったばかりなので支度などもなかった。ちょっと、買い物に行くという恰好《かっこう》で祝言をすることになった。どうしたものか親類縁者などなく父親と兄、それから世話をした金次の弟の戦友の母親だけだった。そんな簡単な祝言だったが、形式だけは盃を交わしてそれで祝言はすんだのだが、金次の家の近所の者たちも招待したので人数はかなり多数になった。祝言が終って、そのあと酒がまわった。どうしたことか、誰が言うともなく金次の先妻——死んでしまったのだが——の話題が酒のみの話題になった。その話題は母親に死なれたふたりの男の子について誰もの話題がきまってしまったのだった。こうした場合には先妻の話など出ないのだが、ふたりの男の子には継母である女が来たのだから家庭的にうまく

やっていくよう心をくばったのかもしれない。誰ともなく、「ほんとに可哀相だ」とふたりの男の子について言いだした。妙なことに酒に酔えば陽気になる者もいるが、この場合、泣きたくなる者がいたのだった。誰かが、「可哀相だ」と言いだすと「わーっ」と泣きだした者があった。そうすると金次の親戚や近所の者——女たちが泣きだしてしまったのだった。金次の父親は祝言が終って酒になったので、なにかの用事で家の外へ出た。用事がすんで家の中へ入ろうとすると家の中から泣き声が聞えてくるのである。その泣き声は揃って一声に泣いているのだった。祝言ではなく葬式——それも、いま誰かの死をききつけて集った者たちが泣いているようなのである。「どうしたのだろう」と家の中の様子を知りたくなった。そのときだった。家の横のガラス障子——曇りガラスにたてがみをふりみだした馬の姿が影絵のように大きく写っているのだった。「あッ」と驚いてガラス障子をあけると、そこにはいま祝言を終ったばかりの後妻に来た女がパーマの髪を櫛でなでつけていたのだった。その頃の髪はパーマネントをチリチリにかけた雀の巣のような髪型だったのである。女が髪の手入れをしているのが家の中の電気の光りの角度で馬がたてがみをふり乱しているように大きく長い影になって写ったようである。葬式のような泣き声、偶然だが馬の姿のように写った影をみた金次の父親は、馬頭観世音の祟りだという、忘れていたことを思いだしたのだった。そうして、それまで気がつかなかったのは世話をしてくれたのが馬の縁なのである。それまで気がつかなかったのも妙なことだが、あとで、「馬の縁で世話をしてもらうことだけは気がつかなかった」と金次の父親はなんども後悔をしたらしい。おそらく、気がついていれば父親はこの縁談には気がすすまなかったにちがいない。気がつかないうちに話がきまって、祝言の終ったあとで気がついたのだから、父親は金次の縁談には気を使いすぎるほどこまかく神経を使ったけれども、その縁談がきまるときだけ馬のことを忘れていたのだった。そのときばかり気がつかなかったことを父親はまた不思議な出来事だと思うのだった。

金次と後妻の仲はむつまじかった。復員してから金次は家業をつぐことになった。兵隊に行く前は自動車の運転手だったが長男が家に帰って来なかったので後妻と一緒に父親の手助け——家業の雑貨商になったのだった。父親が驚いたことは、仕入れ金額や売り上げの帳簿を父親には何の相談もなくやるようになったことだった。父親の手助けとは言うが収支の帳簿を父親に見せないようにするのだった。いつのまにかそんなになってしまったのだった。妙なことに後妻は家の商売を嫌って、「ほかの商売をやりたい、この家の横のほうを飲食店にしたい、ラーメン屋などどうだろう」と言いだしたのだった。雑貨商は店のはばを広く使わなければならないが、横をへらされては困るので飲食店をやるのを父親は反対した。妙なことに父親の知らないあいだに屋号が変ってしまったのだった。小さい看板だが店の軒の上の「勉強堂」という横文字の看板がいつのまにか「金次堂」と文字が変ってしまったのだった。父親が気がついたのはかなりあとのことらしい。これも、「すーっと変ってしまった」と父親は言っていた。後妻は自分の気にいらないことがあれば「出て行く」と言いだすのだった。出て行かれては困るので金次はなだめていた。後妻は「言いだしたら必ずそう実行する」と言う性質だった。不思議なことに女には親類縁者というものは誰ひとりもない様子だった。女には父親ひとりと兄夫婦がいるだけで、親戚の者というのは訪れてくる者も、手紙が来るという者もなかったのである。父親が最も驚いたことは入籍のために戸籍謄本を取り寄せたところが女の年は三十二歳ではなく三十一歳だった。実際の三十一歳では寅年の生れだが寅年では縁談がまとまらないので三十二歳で丑年だと年齢をごまかしていたのだった。女の寅年は性質が強いといわれていて父親はそんな迷信めいたことを信じていたのだった。だから、真実の年齢だったら嫁にはきまらなかったのだった。嘘の年齢を言って縁談をまとめたのだから、女に強気なところがあれば父親はすっかり寅年のせいだと思い込んでしまうのだった。縁談のことは「ホーロクを釜にぬる」と言われていて、意地悪の女でも気だてのやさしい娘だと嘘を言うことは当り前のことだが年齢まで嘘を言う例はほとんどないことだった。前の結婚で出戻ったのは、病気になって入院しても家の者も、旦那さえも病院に見舞いに行かなかった。それほど旦那に嫌われてたのだった。追い出されたのではないが追い出すようにされるほど嫌われていたようである。「嫌われ者の女を馬が世話をした」と父親は思い込んでしまった。轢き殺した馬の祟りで大変な女が来たということで神経衰弱のようになった父親は病気になってしまった。「病いは気から」と言われているように迷信深い父親は病気になると衰弱するばかりで病名も医者にわからないままに死んだ。

父親はそんなふうに思ったが金次はそんなことは信じなかった。夫婦の仲はむつまじくそれから女は男の子を生んだ。男の子が生れると、先妻のふたりの男の子のうち年下の弟のほうが家出した。家出をしたというより、いつのまにか姿が見えなくなってしまったのだった。金次が「このごろ、いないけど」と気がついたときに言うと、「あれ、いつから、いなくなったのかねえ、どこかへ行って、それから帰って来ないけど」と、母親の女は言った。家出をしたのだが、すーっと、いなくなってしまったのだった。あとではわかったことだが、その弟は東京で鉄工場の住み込み職工になっていたのだった。そのうち、兄のほうの男の子も家を出てしまった。長男だが勤め先の近くに下宿をして、これも、いつのまにか下宿のほうへ移ってしまったのである。ふたりの男の子が、すーっと、消えるようにいつのまにか家を出てしまったのは金次夫婦がふたりの男の子のことなど考えていなかったからかもしれない。だから、金次の家は女が来てから生れた末の男の子と三人になったのだった。先妻のふたりの男の子には無関心だったが、ふたりのあいだに生れた末の男の子には金次夫婦は「目の中に入れても痛くない」ほど大切にしていた。小学校に入学するようになると家庭教師をやとったり、衣類なども先妻の子とは「王子様と浮浪児」ほどのちがいがあるように立派な服装をしていた。「将来は野球の選手か流行歌手にする」つもりだったから「子供のうちから立派な恰好を」させたのだった。

末の男の子は高校生になる頃は野球は下手だし嫌いになった。声が悪いから歌を唄うのも下手だった。野球も勉強もすぐ飽きてしまうのだった。その頃世の中には自動車が多くなった。

末の男の子は自動車を運転することが何よりも好きになった。ほかのことはすぐ飽きてしまうが自動車の運転だけは飽きたりしなかった。末の男の子は東京の私立大学へ入学すると、まず自家用車を買った。「自動車がなければ学校へ行けない」と言いだしたのだった。自動車を買うと、すぐに交通事故を起してしまった。広い国道を凄いスピードを出して居眠りをして追突をしてしまったのだった。不思議なことに両方の自動車は使いものにならないほど大破したがどちらも身体にケガをしなかったのだった。酒をのんで運転したのではなかったので自動車の保険がもらえてすぐに新らしい自動車が買えた。相手の自動車の弁償をしたり、新車を買ったのだが「保険に入っているから損はしなかった」と女は言った。大切なひとり息子のことだから父親の金次が事故の後始末をしないで女がすべての後始末をしたのだった。

それから、末の男の子は何回も事故を起したがそのたびに女が一切の後始末をしていた。どの事故も身体に怪我をしなかったことを、金次はあとで気がついた。

ぼーっと、明るい冬の町の灯を金次は眺めてその不思議さに気がついたのは、いま、六十歳の年齢になってからだった。末の男の子はまだ大学生である。記憶を忘れるほど何回も起した自動車事故の後始末を女はしたが、ついこないだ女が風邪をひいて寝ているときに起った自動車事故の始末には「あんたが行ってくれ」と女は言ったのだった。末の男の子はゴルフに行った帰りに子供を轢いた。それから、家へ帰る途中——電信柱に衝突して、そこから、二十メートルも行かないところでほかの自動車と車体がふれて喧嘩になったそうである。そうして警察に行っているが事故の解決をするまで帰れないことになってしまったのだった。女は病気だし、息子の身体も心配になったので金次が出かけて行った。そのとき、女が行かないで金次が行ったのも偶然だったのかもしれない。末の男の子の行っている警察は金次の家からは百キロも離れていた。警察へ行ったら末の男の子は留置されていた。酔って運転したそうである。轢かれた子供は一時、失心状態になったが意識を回復すると怪我もなく、すぐに元気になった。これはその家族と話し合っておわびの金をいくらかにきめればすむことになっていた。電柱のほうも損害を配電会社と話し合えばすむことになっていた。喧嘩の相手は相手がゴロツキらしいのでこちらが一方的に悪いとは警察でも思っていないようである。金次は警察で話し合って、大体の解決がきまったのでホッとした。夜もおそくなったので近くへ宿でもとって、あした、金銭的の問題の解決をするつもりだった。それとも、今からでも家へ帰って、あした、また、ここへ来ることにしようか、と、金次は警察の廊下に出た。その廊下で、ひょっと、向うの部屋の窓ガラスを眺めたとき金次の眼は、ぐーっと開いた。その曇りガラスには、たてがみを振り乱した馬の首が写っているのだ。思わず金次は後ずさりした。が、ハッと、気がついたのでその曇りガラスの部屋のドアをあけた。そこには家に寝ている筈の女が腰をかけていて、そばに末の男の子もいたのだった。女は風邪をひいて寝ていたが心配になったので出かけてきたのだった。事故の解決より息子の身柄のほうの解決をしていたのだった。女が来ていたことは不思議ではないが、窓に写った女の首を馬と見まちがえたのは死んだ父親のいつも言っていたこと、それまでは考えもしなかったことを金次は突然、身に感じたのだった。

その事故は解決したがそれから女は金次に対して、ことごとく反抗するようになった。あの警察の曇りガラスの部屋をあけたとき、金次は女に「おまえ来ていたのか、馬が写っていたかと思ったぞ」と、言ったそうである。金次は、馬の影のことなど女には言わないと思っていた。が、女は金次のその言葉を知っていたのだった。おそらく、金次はおどろいていたので無意識のうちにそう言ったのだろう。金次も女もそんなことは信じなかったが、金次がそれを信じてしまったので女は馬のことについては死んだ舅がよく言っていたから知っていたのだ。女は人間が変ったように金次に反抗したのだった。不思議なことに、この二年ばかりまえに土地、家、商売の登記名義を女は自分の名にしてしまったのだった。だから女は金次に反抗すると、「出て行け」と金次に言うことが出来たのだった。それは、いつでも反抗する仕度が女には出来ていたのである。

ぼーっと、霧のように町の灯を眺めて金次は、霧のようにぼーっと過去のことを思いだしていた。つい、こないだ、女と口論して、「出て行け」と金次は女に言われた。自分の家でもないので金次は「ああ、出て行くぞ」と言いかえした。そう言った手前金次は家の外へ出た。家の外にむしろがあったので金次はむしろに腰をおろして、半日もそこですごした。女は家の外へ出るときがあって、そこに金次が坐っていても何も言わなかった。金次の顔を見もしないのである。ありふれた夫婦喧嘩ではなく女は深刻に離婚をきめているようである。「エッヘッへ」

と金次は苦笑いをして女の顔を伺ったりしていた。

金次はさっき、女と離婚する決意をきめて家を出て来たのである。ぼーっと町の灯を眺めてぼーっと過去を思いだした。別れることをきめたが金次の足はのろのろとうごきだした。別れるときめた女の家のほうへ金次は歩いているのである。どこへ行くところもないから家へ帰るのだが、金次はそんなことも考えなくうごいているのだった。とぼとぼと犬や猫が自分の家に帰るように、ぼーっと、金次の身体は自分の家へうごいていた。

〔1968（昭和43）年「群像」3月号 初出〕

女形

村の入口にある山が地蔵山と呼ばれている。山と呼ばれていても、森だから僅かに高くなっているだけである。村の中ほどの山がたけ山と呼ばれている。これは竹藪ばかりの小高い場所である。「オタカ」と呼ばれる七十歳をかなりすぎた婆ァさんの家は村のはずれのシモの山と言われる森のすぐそばにあった。平地だが村はいくらか勾配になっているので村はずれは「下《しも》」と呼ばれてその森は「シモの山」と呼ばれるのである。

冬のはじめのその日、オタカは朝、暗いうちに起きて念入りに顔を洗った。髪は切髪の短い髪だからすぐとかせた。化粧はクリームだけだが顔が白くなるほどつけた。着物も色のあせた古物だがお召の一番よいのを着た。オタカは今日から養老院へ行くのだった。ひと月まえに妹が死んで、それまではふたり暮しだったが、ひとりになったので養老院へ行くことになったのだった。

「はて?」

とオタカはちょっと、まごついた。荷物を運ぶ運転手さんにやる祝儀をいれる熨斗《のし》ぶくろが見あたらないのである。オタカを乗せて行ってくれるのは村役場の自動車で、その運転手さんにやる祝儀は三百円、手に持って行く買物袋の中の財布に入れてあるが、荷物を運んでくれるのは村の人だそうである。荷物も運んでくれるのは役場のヒトだと思っていたが、荷物はオート三輪で村の人が特別に送ってくれるのだそうである。ゆうべ、それをきいたのでいそいで熨斗ぶくろをもう一枚仕度したのだった。

出立を前にオタカのやっておかなければならないのは近所への挨拶である。近所といってもかなり離れていて、三軒だけだが年寄りにはかなり時間がかかるのである。それに、あまり朝早く行っては失礼になってしまうが、ゆっくりしていては廻り終らないうちに役場から迎えに来てしまうかもしれない。

誰かが来たようだ。足音がこっちへ来るらしい。遠くで耕うん機の音がしはじめたので早い家では畑へ出たようである。時計がないので時間がわからない。

「起きてるかねえ、婆ァさん」

と外で声をかけられた。いちばん近くの権平さんが来たらしい。

「はい、はい、起きていますよ」

とオタカは言った。いま、こちらからお別れの挨拶に行くところだったが、向うから先に来てくれたのである。

「お婆ァさん、朝めしはうちへ来て食べたらどうだねえ、今朝は」

とそう言いに来てくれたのである。

「はい、はい」

とオタカは言って

「有難うございますが、いま、すんだところでございます」

とオタカは言った。今朝は食事などする気分にはならないのである。養老院へ行くことなど徴役に行くのと同じに思って今まで嫌がっていたのだから朝めしなどのどへ通る筈はなかった。曇り日なので今朝はもうかなりたっているらしい。

「よかったらと呼びに来たけど、もうすんだのかい」

そう言う声がして権平さんは顔も見せずに帰って行った。そのあとからオタカは戸をあけて外へ出た。早速、権平さんの家から挨拶にまわるのだが、もし餞別など心配してくれてはと、足袋を二足ずつ用意した。一足、二百六十円だから五百二十円である。餞別は五百円だろう、ここでは冠婚葬祭はつい最近まで三百円だったのが、このごろ五百円になったのである。だから餞別も五百円だろうと見当をつけたのである。権平さんの家ではいま朝めしを食べるところだった。

「お早うございます」

とオタカは挨拶した。

「いろいろ、長いことお世話になりました、皆さん、お身体に気をつけてお暮し下さいまし」

と言う声は芝居の役者のセリフのようによく通っていた。農家の人たちの言いかたではなく、しっかりした口上である。

「そうかね、婆ァさんも気をつけてなァ」

と権平さんは言ってくれた。そばで権平さんのおかみさんが

「まったくだよ、長生きしてくだせえよ」

と言ったが

「アハハ」

とおかみさんは笑って

「婆ァさんじゃなかったっけねえ、おじいさんだったっけねえ」

と言った。オタカは女性ではなく男性だったのである。この村で生れて十五歳のとき東京へ奉公に行った。十九歳のとき、役者になりたくてその道に入って女形となった。六十五歳のとき、この村へ夫婦で帰ってきたのである。そのころはオタカの両親はなく甥が跡をついでいたが、シモの山のそばの物置を改造してくれて住居に供してくれたのだった。ひと月前に死んだ妹というのはオタカの妻であった。女形だったオタカが髪をオカッパ風の切髪にしていたのでオタカも女性だと思われて、夫婦だが姉妹のように扱われてしまったのだった。オタカとしても女としての仕ぐさに慣れているので女性の扱いにしてもらったほうが気が軽かった。「婆ァさん」「婆ァさん」と呼ばれて、「はい、はい」と婆ァさんらしく受けていたのだった。その、いつもの婆ァさんが、今朝は「おじいさん」と言い直されたのは、養老院へ行くので、なんとなく改まった扱いになってしまったからだろう、「じいさん」と言われてオタカはちょっと苦笑した。

「これは、ただ気持だけど、三軒で」

と権平さんのおかみさんは三軒分の餞別をまとめて仕度してあった。

「いやー、そんなことをしては困りますよ」

とオタカは口では言ったが、これは貰うつもりである。そのためにお返しを用意して持って来ているのである。

「それじゃ、せっかくだからいただきます」

とオタカは押しいただくように受けとってお返しの足袋二足を包んだ袋を差しだした。

「あれ、そんなこたァいいんだよ」

と権平さんのおかみさんが言うと、そばで権平さんが
「養老院へ行くんだもの、むこうへ行ってから、何かと、必要《いりよう》があるだろうに」

と言った。このとき、オタカの顔は苦いものでも噛んだかのようにひきしまった。オタカの癇がヒステリックになったのだった。これはオタカの癖だった。ちょっとしたことでも癪にさわると顔中の筋肉が引き締ってしまうのだった。これは生れつき「癇の強い」というのだろう。年をとって顔に皺が多くなって、この癇がたかぶると鬼面のような表情になるのである。

「あれ」

とおかみさんは思わず言って権平さんの顔を眺めた。なにげなく言った権平さんの言葉で思いがけないオタカの鬼のような顔つきを見たからである。あとで、権平さんもその時のオタカの表情を
「悪い気持で言ったじゃねえけどよォ、養老院へ行くと言ったらなァ、苦虫《にがむし》をかみつぶしたな

んてものじゃねえ、凄え怖っかねえ顔つきをしたぞい」

とくりかえして村の人達に言った。

「そんなに、養老院へ行くのが、嫌かね、生活扶助を貰って、あんなシモの山のブタ小屋みたいなところに住んでいるよりは、なァ」

と、村の人たちは誰でも言った。オタカはそんなことで癇気がたかぶったのではなかった。生活扶助を受けているがそれは役場で貰っているのである。扶助の金で生活はしているが生活費を最小限度にきりつめているので近所の人には何ひとつ余計な迷惑をかけていないのだと思っていた。実際には役場や県の負担になっていれば納税者の誰にも負担になっていることにもなるのだがオタカの考えではそこまでは考えていないのである。近所の家から菜ッパ一ワを貰ったときでさえもオタカはそのたびに「お返し」としてたばこやチリ紙などを用意しておいたのだった。だから権平さんに「養老院へ行くんだから足袋のお返しはいらない」といわれたのがぐーっと癇にさわったのだった。だが、苦しそうな鬼面のような表情になってもオタカは苦痛には感じなかったのである。もう、ずーっと、子供の頃から、口惜しいとき悲しいとき、ぐーっと頭の中が苦痛になるのと同時に、身体のなかのどこかに、なんとなくあたたかい血が流れるような快さを感ずるのだった。口惜しさがひどければひどいほど、その快感が身体じゅうに食い込むように感じるのだった。

オタカはいま、ひとり者になった。懲役へでも行くように思っていた養老院へ行く覚悟をきめたのもひとり者になったからである。

村の特別にしたしくしていた三軒に挨拶が終って、ホッとした。もう一軒、これは村の中ほどに住んでいる東京から引っ越してきた「絵描き」と呼ばれる家へ挨拶に行かなければならないかもしれない。町へ行く途中にひと息つくために休ませてもらったり、雨やどりをさせて貰ったり、お茶や水をのませてもらったりした家である。その「絵描きさんへ」とオタカは思っていた。三軒の挨拶が終って帰ってきて、そう思って、また家を出た。だが、少し行って、行くのをやめることにした。行けば、餞別をくれるかもしれないのである。迷惑をかけるのも申しわけないが、それは、お返しを持って行けばいいのである。オタカが行くのを思い返したのは、「挨拶をしないで養老院へ行ってしまった」と思われることにきめたのである。そんなふうに思われたほうが、同情などされるより気が楽になるからである。養老院に行くことになったのでいままでよりも、いっそう強くなったようである。それは、オタカの癇気がますますたかぶってきたのでもあった。

ゴトゴトと音がしてオート三輪が来てくれた。若い衆が二人と、権平さんと三人で荷を積み込んでくれるのである。オタカはタスキをかけた。ほこりが落ちるので手拭でほおかむりをした。それは、ちょっと手拭をかぶっただけだが役者であった女形のオタカのかぶりかたは板についていて、「梅川忠兵衛」の梅川の舞踊を思わせるような姿だった。

オタカがこの村を出たのは十五歳のときだった。魚屋の小僧からクリーニングの配達と奉公先が変って三回目に小屋がけ芝居の役者になったのが十九歳のときだった。役者と言っても裏方の仕事から拭き掃除から師匠の孫の子守をやりながら舞台に出た。舞台はたいがいが舞踊である。女形が似合うので女役ばかり演ったが、その小屋が解散になったとき、師匠の紹介で旅廻りの歌舞伎一座に住み込んだ。住み込んだというのは役者で入座したのだが舞台だけではなくここでも裏方仕事のほうが多かった。大工職人だか役者だか、どちらが本職だか判らないほどの労働であった。その一座もまた解散になって、オタカが本職の役者になったのは「中村鷹三」の一座に入ってからである。そこでオタカは中村鷹雀と名を貰った。オタカと言うようになったのはそのときからである。もっとも、「オタカ」というのは一座の者が言うのではなくオタカ自身が一座以外の者に言う名だった。一座では「スズメ」と言われたり、「雀」はまた「麻雀」に通ずるので「マージャン」または「マーチャン」と呼ばれた。が、この名はオタカ自身が好きではなかった。オタカと自称して、この名はずーっと使って、役者をやめても、養老院へ行っても続いたのだった。中村鷹三一座に入門して、オタカははじめて役者ばかりの仕事になったのである。この一座は歌舞伎と繋がりがあるが、歌舞伎座には出演する機会はなく、旅廻りの一座の応援出演に頼まれて出る一座だった。頼まれて出るのだから、あちらからもこちらからも出演を頼まれていた。——旅廻りの一座は毎年同じ場所に廻って来るのだった。中村鷹三一座が出るときは本物の歌舞伎の出しものも演じたのだった。この一座は歌舞伎専門だからオタカはここで本物の歌舞伎芝居が出来るようになったのだった。オタカはここで四十五歳になるまで二十年間も役者生活が続いたのである。

養老院へ行く役場の自動車も来てくれて、荷物もオート三輪に積み込んだ。小さな茶ダンス、ベビーダンス、三味線が二棹《さお》、琴が一つ、ふとんが二人分、座ぶとんは五枚もあってオート三輪一台分に高く積まれた。「大変な荷物だ」と近所の人たちも驚いた。それまでの養老院へ行く者は荷物らしいものなどないそうである。

養老院はオタカの村から二十キロばかり離れたS市にあった。広い西洋の門と青い芝生の入口である。そこへオタカの乗っている自動車が入って行くのでオタカは映画の中の主人公になったような気がしながら門を入った。そこから自動車はノロノロと曲って進んで、かなり入ってから養老院の入口に着いたのだった。横に菊の花が咲き乱れていて、「ここでは年寄たちが花づくりをして市場へも出しているそうですよ」と役場の人が教えてくれた。

荷物も運んでくれてオタカは自分の部屋もきまったし、部屋の片づけなども終った。

「来ましたねえ、そいじゃ、みなさんとこへ挨拶してもらいましょう」

と、甲高い声で、口を横に大きくうごかせてものを言うひとりの婆ァさんがオタカの部屋の前に立ち止った。部屋の前の廊下に坐って
「ここは、ひとりの部屋と、ふたりの部屋とあってねえ、あんたは、はじめてだから、たぶん、ひとりの部屋に入れて貰っただろうよ、よォ、どうせ、シャバできらわれてきたんだからねえ」

と、なんとなく嫌な挨拶である。挨拶とか、話しかけに来たと言うよりも、嫌味を言いに来

たような言いかたである。きゅーっと、オタカの顔に皺が高く現われた。

「たいがいのおかたは」

と、その婆ァさんは言って、少し間をおいた。それからまた
「たいがいのおかたは、来たときは、身うちのヒトたちが、部屋に上って、ながく、話をなさっているものですがねえ」

と、言う口ぶりは、はじめから喧嘩でもふきかけにきたような口ぶりである。オタカの口もとがほころんだ。うすら笑いを浮べたのである。

「オヤ、笑っておいでなさるねえ」

そう言うかと思うと立ち上った。それから
「タイヘンな婆ァさんだよ、ここが、どんなに気がきいているところか、わかったら、謝ったっておさまらないところだよ」

そう言って、こんどは喚《わめ》くように
「みなさんに、部屋を廻って挨拶したらどうですか」

と言うのである。オタカが薄ら笑いを浮べたのは、オタカの癇が高ぶると、ぐーっと、身体じゅうがなんとも言えなく熱っぽくなってくるからである。それは、苦しみや口惜しさをたえ忍ぶと熱っぽい快感がわいてくるからだった。

「あたしゃ、婆ァさんじゃないよ」

とオタカは思わず甲高く口走った。興奮すると伝法な口調になるのがオタカの癖である。

「アレまァ、女じゃなかったのかい」

と、その婆ァさんは言った。それから
「そうかい、そうかい、驚きましたよ、あきれましたよ」

と言いながら廊下を去って行った。去って行ったと思ったが、まだ、そこにいて
「ね、おとこでも、女でも、挨拶ぐらいしなさいよ、シャバで嫌われても、ここで嫌われたらもっと不自由だからね、挨拶は手ぶらでもいいですよ、ええ、そうですよ、チリ紙ぐらい持って来るヒトもありますからね」

と、かくれるようにして、言っている。

「そうか」

とオタカは思った。ほかの人たちのところへ挨拶にまわるようにと、知らせてきたのだ、挨拶にまわるにはチリ紙でも持って行くのだと気がついた。

「ふっふっふ」

とオタカは少し声をだして笑った。チリ紙ぐらい「お安い御用だよ」と思った。オタカは貯金で十万円も持っているのである。ほかに現金で二万円、これは、死んだ家内とふたりで縁日で「イカの足」を煮て売ったかせぎであった。米が一俵五千円から九千円になるまで十年のあいだに残した金だから、ほとんど、食べる米も食べないで残した、かせぎである。「年をとると、

ゴハンが食べられませんからねえ」と、オタカ夫婦のきりつめた生活だった。死んだ家内の葬式もすませて、まだ十万円も持っているのである。ほかに現金二万円は役場からの扶助料などを倹約をしたものも含めてためた金である。

「役者だ、役者だ」

各部屋に挨拶にまわると、そのたびにどこからともなく聞えてくるひそひそ声だった。「役者だ」と言われるのはオタカには悪い気持はしなかった。ずっと前に、もう、聞くことが出来なかった自分の姿が、もういちど現われてきたような気分になるのである。

チリ紙を持って各部屋へ廻って挨拶がすむと、その夜、オタカの歓迎会というのだろう、入口の応接間で茶話会が催された。挨拶も歓迎も同じ棟の者ばかりだから、みんなで二十人ぐらいである。夕食のすんだあとの茶話会だからお茶だけだと思っていたら、そここにお茶の茶碗のお盆が並べられて、ほかに、あられ、せんべい、きな粉もち、りんごなどが並んでいる。その真ん中にオタカは坐っていた。坐っているというより坐らされてしまったのである。妙なことにオタカは歓迎会で主賓のわけだが真ん中に坐らされて、お茶の給仕をすることになったのである。

「まあ、まあ、まあ」

と、甲高い声がして、ひるまの嫌味のような言いかたをした婆ァさんが入ってきた。

「あたしゃねえ、となりの棟だけどねえ、以前はこの棟にいたんですよ、そいでねえ、こうして、この棟のかたとは同じにしているんですよ」

と部屋じゅうに響きわたるような甲高い声である。

「さあ、さあ、どうぞ、せんせい」

と、部屋の者たちは騒ぐようにこの婆ァさんを受け入れた。「せんせい」と言われている婆ァさんらしいのである。

「まあ、まあ、まあ」

と甲高い声はつづいて
「御挨拶はチリ紙だけだけど、お仲間入りの会は、ずいぶん、ごちそうがありますねえ」

とセンセイは言うのだった。それから
「ここへ来ると、よく、わかりますよ」

そう言ってセンセイの甲高い声は鳴り響いた。

「わたしは、シャバにいたときは、せんせいをしていたから、教え子が、ときどき、ここへは面会に来てくれますがねえ」

とセンセイは言いながらオタカの真正面に割り込むように坐り込んだ。

「あんたには、面会人、たくさん、来るでしょうね」

と言うのである。途端、オタカの顔に盛り上るように皺がよった。癇気がたかぶったのである。オタカには面会人など来る者はひとりもなかったからである。オタカの癇が高ぶった。が、いつものように、ぐーっと、熱っぽい快感がわいては来なかった。それは、五十年も昔、中村鷹三一座に入門したとき、初めて舞台で遇ったときと同じ苦痛が迫ってきたのである。そのときの「演し物」は「鏡山」だった。入門してまだ十日ぐらいしかないオタカの役は「岩藤」づきの腰元で、舞台へ出てもただ並んで坐っていればよいだけである。はじめて、舞台に並んで坐ったときだった、オタカは自分の左腕が火のように熱くなるのを感じたのである。客は大勢入っていて、オタカはふりむくと並んで坐っている隣りの腰元に自分の左腕がツネられているのを知ったのである。

「よそ見をするんじゃないよ」

と、その腰元はオタカの耳もとでささやいた。そうささやきながらもツネるのはもっとひどくなった。爪を立てて腕の肉につき立てるようにツネっているのだった。前方には客はいるが、並んでいるうしろで腕をツネっているので客には判らないのである。（なんで、こんなことをされるのだろう?）とオタカは考えた。が、思いあたる理由もなかった。そのとき、オタカは、痛さに耐えかねてぽろぽろと涙を流した。「ふっふ」とどの腰元かの笑い声がきこえた。「ひっひ」というような含み笑いの腰元の声もきこえたような気がしたのである。オタカは、舞台で涙をぽろぽろ流しながら、苦痛の声を出していたのである。その声が、並んでいるほかの腰元たちには気持のよい声に聞えたのだと、あとになってオタカは知ったのだった。「あの声は、よかったじゃないかい」とか「泣きのおさらいよ」とかと舞台から引っ込むと腰元たちは大きい声で騒いでいたからである。次の日の、同じ舞台で、オタカは左腕や尻に火のような痛みを感じて坐っている舞台で立ち上ってしまった。どこからともなく細竹がのびてきて、その先には針が縛りつけてあった。その針がオタカの肉体を刺すのである。ぽろぽろと涙を流したオタカはそのたびにうめき声をだした。だが、いつのまにか、オタカは苦痛の中になんとも言えない熱っぽい快感に似たものの湧くのを感じたのだった。苦痛にうめく彼女は口惜しさと、つらさに耐え忍ぶことに、いつのまにか妙なこころよさが湧いていたのである。「ぐーっ」と、オタカはそのときこらえた。

養老院に入っても面会人など来ないが、それは、いま目の前にいるセンセイと呼ばれる婆ァさんにこのうえもなく罵《ののし》られたように感じたのである。

「まァ、まァ、面会に来て下さるカタはあってもですよ」

とセンセイの婆ァさんは言って、そこのアラレを一つ、つまんで口の中にいれた。

「このアラレも、どこにでも売ってるものだけど」

そう言って茶碗のお茶をすすった。それから

「アラレなんかも、面会に来るカタによって味がちがいますからねえ」

と言った。

「食べられやしないものを持って来るカタもありますからねえ」

センセイの婆ァさんはそれで言い終ったと思ったが

「あんたの面会人は、どんなものを持ってきますかねえ、つぎの日曜日には来るでしょう、そのときには、わかりますねえ」

と言った。面会人など誰も来る筈がないのだからオタカはまわりじゅうの者から罵られるような思いになった。それは、中村鷹三一座の演る「鏡山」の主人公「尾上」が悪役の女「岩藤」に草履で胸を突かれる舞台場とこの養老院の歓迎会と同じに思えてしまったのだった。オタカは、ここの舞台で「尾上」の役を演っているのだと思い込んでしまったほどだった。

「あんたさん、手紙を出したらいいよ、面会が、もし来ないようだったら」

とセンセイの婆ァさんは言った。「あははは」とまわりじゅうの婆ァさんたちの笑いころげている声がした。それは、舞台の腰元たちの含み笑い声より響く笑い声なのである。それは客席の騒ぎ声のような響きと同じなのだ。ぐーっ、と、オタカの顔に苦痛を耐え忍ぶシワが鬼面のように盛り上った。そうすると、身体のどこともなく熱い快感がわいてきたのである。「ふっ」とオタカの顔に含み笑いが浮んでいた。

〔1970（昭和45）年「文學界」1月号 初出〕

因果物語——巷説・武田信玄

戦国時代の武将武田信玄については専門家が調べて正確に書いているが、これは、その施政下だった甲斐の国——現在の山梨県の人たちに語り伝えられている信玄像である。語り伝えといえば不安定なようだが、徳川幕府は十五代で三百年である。武田信玄はそれより五十年ぐらい前になるので親から子、子から孫へと語り伝えられた十五代の甲州人の信玄像ということになるのである。だが語り伝えられた信玄像は明治までで、それより以後は学校で教えられる歴史の武田信玄になるのである。歴史は記録だが、これは人間信玄を如何《いか》にしてその土地の人たちが画いたか、その信玄である。

武田信玄は幼名を勝千代、後に晴信、三十九歳より以後法号信玄となるのだが、ここでは「信玄公」と呼ぶことにする。つまり、山梨県人たちには幼名も法号もなく、幼時でも「信玄公」と呼んでいるのである。(但し、これは明治生れの人たちまでで、従って、この巷間伝えられる信玄公も明治生れの人たちだけの伝承である。)

大正も初期の頃のことである。田植え時に雨が降らなくて田んぼに稲苗を植えることが出来ないことがあった。なかでも笛吹《ふえふき》川の上流、現在の中央線の山梨市駅附近では水騒動が起った。「水騒動」というのは「水争い」とも言っている。農民たちが互いに自分の田んぼに水を引き入れるために争うことである。その時の水騒動は笛吹川の水門を「上げる」のと「降ろす」のとの争いだった。上げればそっちのほうに水が行くが、そこより川下の水門には水が入らなくなるから争いになるのである。こうした水争いはお互いに話し合って、時間をきめて水門を上げたり、下げたりすることが解決方法になるのだが、この時は時間をきめる話し合いも出来ないほど深刻な水不足だったそうである。水門を上げても僅かしか水が流れてこないから時間になって水門を閉めてしまえば、水は田んぼに吸いとられてしまうぐらいしか入って来ないのである。それは、水門の上もそうだが下の水門でも同じことである。どちらも水門を上げたままにしておきたいのは百姓としては無理なことではない筈である。

そうした対立した場合、両方の水門を上げておけば川上の水門にばかり水は流れてしまうのである。結局、川下の水門の者たちは腕力によって上の水門を降ろしに行くのである。水騒動は生命をかけてもやるほど深刻なのだった。何故なら田植えが出来なければ米がとれない。米がとれなければ飢死しなければならないからである。

そのとき、笛吹川の上の水門に集った百姓たちは、万一の場合を予想して喧嘩支度だった。喧嘩と言っても百姓が生命をかけるのだから、高校生のなぐりあいやチンピラの刺した、殺したというような小さなものではない。百姓はふだんの野良着姿で立鎌やマサカリなどを担いだり手に持ったりして集っている。下の水門では上の水門を降ろさなければならないから攻めて行かなければならないのである。百姓たちのことだからすぐには攻めて行かない。攻めるまでは下の水門のまわりに集って、わいわい騒いでいるのである。

「おい、どうしても水門を降ろさないなら攻めて行かなきゃアだめだぞ」

「そうだ、ぶッ殺して、ひとり残らずぶッ殺さなきゃ」

「おい、さあ、行かなきゃア」

と、わいわい騒いでいるが、いよいよ攻めるまでにはかなりの長い間、騒いでいるのだった。そういう騒ぎが、二日とか三日とかと続いて、そうして怖ろしい流血になるのである。道ですれちがって、目つきが癪にさわったとか、肩がふれたとかで刺したりするチンピラの殺しあいとはちがって、百姓の一揆は長い時間をかけてわいわい騒いでから始まるのである。

その笛吹川の水騒動のとき、いよいよ流血の惨事が始まろうとした時だそうである。

「話をつけて、解決をしなければ」

と、土地の或る老人が立ち上った。その老人は百姓ではなかったそうである。

「わしが話をつけてやる」

と下の水門の騒ぎの人たちのところに現われた。どこの人だか知らないが、立派な着物を着て、羽織まで着ている。頭髪はまっ白で、真剣な顔つきをしているから立派な風貌に見えたらしい。

「それッ」

と騒いでいた連中はその老人をとり囲んだ。なんとなく立派な人が現われて「話をつけてやる」という言葉が流血の狂いを起す一歩手前の百姓たちの神経をさーっとひきしめて、力強い解決方法を暗示させてしまったのだった。その老人は、あとで判ったことだが、川下の名もない老人だったそうである。とにかく水騒動のさわぎを知って、(流血の惨事を起してはならない)

と思いついた一念でそこへ現われたのだそうである。立派な着物と羽織はそんなタイしたものではなく、老人なら誰でも一着ぐらいは持っている程度の、一張羅《いっちょうら》と呼ばれる一枚しかない百姓の着物だったそうである。それでも、話をつけに行くので羽織を着たのだそうである。

さて、下の水門の百姓たちはこの老人の出現に百万の味方を得たように勢いたった。その老人をとり囲んで、上の水門のほうへ歩いて行ったのだった。

上の水門のほうでは驚いた。野良着で鎌やマサカリを担いで来る人たちのまん中に白髪の立派な羽織をきた老人がいて、こっちへ来るのである。誰かが

「信玄公が来たぞ」

と叫んだ。武田信玄は三百五十年も前に死んだ人なのである。立派な人が現われたので武田信玄が現われて来たのだと思ってしまったのだった。立派な人というのは信玄公よりほかには知らないのである。偉い人というのは信玄公よりほかにはないのである。立派な、偉い人というのは白髪で、立派な着物に羽織を着た老人というイメージを作っていたのだった。

「信玄公が来た」とひとりが叫ぶと

「信玄公が来たぞ」

「信玄公が来たぞ」

とわーっと上の水門の百姓たちは逃げだした。武田信玄公が水争いをすることに怒りだして現われたのである。生命をかけた水門を忘れさせ、逃げてしまったのは「シンゲンコー」とい

えば神さまよりも怖いが、神さまのように正しい人であることを信じているからである。つまり、この場合、「水争いはいけないことである」と信玄公が怒りだしたのだと思ってしまったのである。信玄公が「いけないことだ」としたら、それは「悪いこと」なのである。水争いは食べることが出来るか出来ないか、生活を続けること、生きていくことが出来るか出来ないかの死活の問題である。それほどの問題も信玄公の姿が現われると忽ちに解決してしまう。信玄公の偉力、というより信頼する様子はこの例だけでもよく現われているのである。信玄死んで三百年、否、四百年たっても、その姿を彷彿《ほうふつ》させるものが現われると、そこに実在しているような錯覚を起してしまうほどの不思議な存在である。これこそ、信玄公が山梨の百姓たちには永遠に生きていることになるのではないだろうか。

もう一つの例は明治五年、地租改正のとき山梨県の農民だけが新しい税法に反対したのだった。反対したというより、やはり、百姓一揆を起したのだった。「群内《ぐんない》」と言われる富士吉田地方から「東郡《ひがしごうり》」と呼ばれる「東山梨郡、東八代郡《やつしろ》」の百姓たちが起した一揆は「大切《だいぎ》り、小切《ぎ》り一揆」と言われている。このときの一揆の百姓は「九十九ヶ村」で数千名、または一万名と言われている。めいめいが、鐘や太鼓を打ち鳴らし、トビ口をかついで甲府の県庁に押し寄《しよう》せたそうである。一揆の通りであった東八代郡石和町《いさわ》（現在の石和温泉）では、大きな家は門と言わず戸と言わず手あたり次第に叩きこわされたそうである。現在の石和八幡神社前の太田屋呉服店の表通りの柱には、その時のトビ口で突き刺された跡があった筈である。――太田屋呉服店は四、五年前に改築したのでその柱は現在はなくなってしまったが。とにかく一万名からの百姓が鐘や太鼓を打ち鳴らして——百姓一揆は戦うより騒ぐのが特徴だそうである。この「大切り、小切り一揆」のときは鐘や太鼓を鳴らしたのだが、百姓一揆は「蓆旗《むしろのはた》」を棒にかかげて押し寄せる。鐘は火事の時の半鐘をはずして、これも棒でかかげて叩き歩く。太鼓は神社の太鼓を持ち出して、そのうえに「わアわア」と騒ぐのだから凄い光景になるそうである。

このときの知事「土肥実匡《さねまさ》」はおそらく名知事、名政治家と言っていいだろう。一揆が甲府の県庁に押し寄せると

「恵林寺《えりんじ》へ行け、恵林寺へ集れ」

と、誰に言うとなく騒ぎださせた。恵林寺は武田信玄の墓のある寺である。

「信玄公のところへ行け」

と一揆は押し寄せる方向を変えて甲府から逆方向——押し寄せる反対方向——に進んでしまった。進んだというより県庁から見れば帰る方向である。

恵林寺へ集った一揆たちに、知事の土肥実匡は暴動することの不心得をさとしたのである。それればかりではなく新税法に従うようにもさとしたのである。「大切り、小切り」というのは武田信玄の税金の取り立て方法である。くわしい、正しいその大切り、小切りは現在伝えられてはいないそうである。武田家が滅びて徳川家の支配下になった山梨県の農民たちは、やはり徳川幕府でも大切り、小切りの税法を廃することは出来なかったそうである。つまり、徳川幕

府でさえも武田信玄の政治下にあった農民には、その施法を変えることが出来なかったと言われているのである。だが実際には、農民たちにはそう思わせて徳川幕府は自分たちの取り立て方法を変えたのではないだろうか。「信玄公の大切りだぞよ」「信玄公の小切りだぞよ」という方法で少しずつ変えて施行したのではないだろうか。正しい方法は伝えられていない。

「大切り、小切り」というのは農民に対する税法で、農地の税金を三ツにわけて、そのうちの三分の二を大切りと言って籾《もみ》で納めるのである。残りの三分の一を小切りと言って金で納めさせる方法だそうである。小切りは初秋の九月――陰暦だから米の収穫のときに納めることになっている。大切りの三分の一は「御張紙値段《おはりがみねだん》」と言って、陰暦十月に甲府、黒沢、鰍沢《かじかざわ》、勝沼の四ヵ所にその年の米の相場値を表示するのである。つまり、大切りは三分の二だが、そのうちの三分の一はその時の相場値で籾でなくてもよいのである。これは、納める側に有利だそうである。小切りの三分の一は毎年同じ金額なのである。とにかく、くわしい税法が現在判らないのは、徳川時代を通じて行われるあいだに適当に変えられたからではないだろうか。

恵林寺へ集った百姓一揆たちには県知事の訓示などは何を言っているか判らない。百姓たちに判ったことは「知事が信玄公に代って暴動を訓しているらしい様子」であること、「信玄公が新しい税法に従えと言っているらしい様子」であることであった。信玄公の墓場のある寺で説明されたから信玄公のムードになってしまった。暴動などをつづける気分はすっかりなくなってしまったのである。

一揆もそれで終ってしまった。信玄公は死んで三百年もたっている。それでもなお、その姿が残っているのはどういうわけだろう。信玄公の政治はそれほど農民のためを計った証明にもなるのである。

信玄公の生れたのは一五二一年、現在の甲府市積翠寺《せきすい》の要害城で生れた。歴史では信玄公の父——信虎が甲府市西方の飯田河原で遠州勢の福島兵庫と戦って大勝したその日に生れたことになっているが、後年信玄が奉納した近江国多賀神社の願文に「晴信誕生辛巳歳《かのとみどし》」とあるのが正しいそうである。飯田河原の戦いはその前年一五二〇年である。

信玄公の生れる時、産屋《うぶや》の上に不思議な白い雲が一すじたなびいて、遠くから見れば白い旗が風にひるがえっているように見えた雲だったそうである。信玄公は甲斐源氏の血すじである。源氏の旗は白旗なのだからこれは源氏の軍勢を表徴《ひょうちょう》するという意味だろう。その白い雲が消えると、どこからともなく一羽の白い鷹が産屋の上に舞い降り、三日間から七日間そこから去らなかったと言われている。

信玄公は十二歳の時妖怪を退治したと伝えられている。ある秋の夕方、十二歳になった信玄公が縁側に出ると、そこに置かれてあった木馬が突如身ぶるいをして

「勝千代、軍法と剣法とはいずれが妙なりや」

と言った。勝千代は信玄公の幼名である。

「軍法も剣も妙なり」

と信玄公は言って
「剣の妙を見よ」
と言ったときはその木馬のかげの妖怪を斬りすてていたそうである。そこには一匹の古狸が血に染って死んでいたそうである。

信玄公の伝説はいろいろ伝えられている。だが、ここに伝えられる信玄公は伝説ではなく演劇になった信玄像である。演劇と言っても「旅芝居」である。作者は一座の長——座がしら——であるらしい。たいがいの旅芝居の筋書き、演出、衣装は座がしらが案出するのである。筋書きからセリフまで、どんなことをしても座がしらひとりでは出来る筈はない。そこには民間に伝えられた話が自然に入って来るそうである。旅芝居では芝居をやっていると客から声がとぶ。

「そうじゃねえぞ、そいつは悪い奴だぞ」

などと、悪玉が善玉に変装などすると客がそれを教えてしまう。だから、スパイものなどを演ったら芝居が終らないうちに、スパイや犯人が解決されてしまうのである。そんなことが旅芝居にはまたつごうがよい場面があるそうである。信玄公の芝居などは巷間伝えられる話を客から教えられたり訂正されたりして出来上った芝居である。だから、そこには伝説の信玄像が自然に出来てくるのである。

歌舞伎や文楽で上演される「本朝《ほんちよう》廿四孝《にじゆうしこう》」は武田家と上杉家をテーマとしたものだが、そのなかには武田勝頼——信玄公の子——にそっくりな蓑作《みのさく》という人物が現れて、勝頼の身代りになって切腹したりする。嘘八百の作りごとである。また、上杉家の娘の八重垣姫と勝頼は恋仲となったり、あげくの果ては八重垣姫は家宝の諏訪法性《ほつしよう》の兜を盗みだして勝頼の許に返す。こういう筋書は歴史とは全然ちがっているのである。旅役者の筋書きも歴史とは全然ちがっている。だが、そこには歴史の調べた信玄像とちがう——裏側の武田家が画かれているようにも思えるのである。これは、山梨県と長野県の境辺の旅回りの芝居の物語りである。旅芝居であるからセリフの言葉づかいなどもきわめて庶民的である。

まず幕があくと舞台は空舞台《からぶたい》であります。これは歌舞伎と同じように幕があくと舞台には誰もいない。舞台正面は長い塀があって、左手に太い松の老木が一本生えています。上手《かみて》——右側に屋敷からの一室があって、これはどこかの屋敷から続いているのか、または離れ座敷の様子であります。幕があくと、しばらく舞台はしーんとしています。

やがてデンデンと上手から義太夫の三味線が鳴りだします。あとで出て来ますが旅芝居なので、太ざおの三味線は鳴るが浄瑠璃の語りなどはしない。むずかしい語りなどは客には判らないからであります。太ざおの三味線だけ鳴って、もし、語らなければ芝居の意味が判らない場合は、旅芝居では浪花節で語るのです。

さて、太ざおの三味線が鳴りだすと花道から両手をうしろに縛られた老武士が足軽たちにとりまかれて来るのであります。そのあとから立派な鎧姿の武士が肩をいからせて現われて来るのですがあきらかに老武士は戦いで鎧武者に負けて捕虜になったのだとわかります。デンデンと太ざおに合わせて捕虜の老武士は舞台の左手の松の木の根元に縛りつけられます。鎧武者はそのそばに腰かけて静かに兜をぬぐと、まだ若い青年武者であります。青年武者は

「やあ、やあ、高遠、汝は戦さに負けてこのざまはなんと、なんと」

高遠というのが老武士のことを指すようであります。高遠城の城主か、城を守っている責任者のような重臣でありましょう。あとで出て来るがこの場合、この戦さで負けた諏訪頼重の砦城の高遠城の責任者のようであります。高遠城を落されて、捕虜となった様子を嘲笑されたのです。

「む、む、……」

デンデンと劇《はげ》しく鳴る太ざおの三味線に合わせて、諏訪軍の老臣は無念の表情で苦しむのであります。あとで判るが、このあとから、信玄公、梅姫等多くの役者が現われますが、高遠と呼ばれた松の木に縛られた老臣が一座の座がしらなのであります。だから、この高遠と呼ばれた老臣が主役の重大な役を演ることになるのです。青年武者は

「いかに高遠、汝の主人の頼重どのは、信玄公のおちからのため、諏訪の湖水のさかなのエサとなりたるぞ」

これは、芝居の筋書を客に説明するためのセリフのやりとりであります。一五四一年、武田信玄は信州諏訪を攻略しました。諏訪頼重を捕虜にして甲府へ連れ帰り自殺させたと歴史は語っています。だが、巷説には信玄は頼重を騙して諏訪湖に誘い、船の上で殺して死骸を湖水の下に沈めたと言われています。歴史は正しく、巷間に伝えられる話は嘘が多いと言われます。だが、歴史は為政者のつごうのよいように書かれた場合が多いので、歴史のほうが事実を曲げてしまう場合が多いのであります。それに反して巷間に伝えられる話は真実も多い筈です。

もっとも近代である太平洋戦争なども、戦争の原因——初め中国から仕掛けられた戦争だと政府では発表されたが、実は日本側から仕掛けたものだったことなどは、いつ誰ともなく言われていたのであります。この一つの例だけでも、巷説には政治家の隠そうとした真実を伝える場合が多いことを証明していることがあるのです。太平洋戦争の戦況なども大本営の発表と、民間の噂では反対の場合もありまして、終戦になってからはっきりしたことは、大本営の発表は嘘八百で民間の噂のほうが真実に近かったかず多い例を持っているのであります。

さて、信玄公の諏訪攻略は、ここでは旅芝居でありますから諏訪頼重は諏訪湖上に誘い出されて殺されたことにします。

「む、む、……」

デンデンと太ざおの三味線で苦悩する諏訪方の高遠と呼ばれる老臣は、やがて目をむいて「おのれ、武田の卑怯もの、実の父親信虎公を追い出した親不孝もの、そればかりではなく、我がお館さまを何と心得る。御兄弟のお館さまを……」

ここで太ざおの三味線はいちだんと劇しく鳴って、老臣高遠は身体をゆすって口惜しがります。

「諏訪のみずうみにおびき出し、なぶり殺しにしたとは……」

老臣は狂乱のように身もだえをして
「あげくの果てに、みずうみの、底うち深く、よくもお沈め申したな……」

次に青年武者の語るところによりますと、諏訪頼重が湖上で謀殺されたのは昨夜のことであります。捕虜になった老臣が昨夜のことなど知る筈はないのですが、芝居は筋書を語るために対話をするのですから、これは矛盾だとか嘘の筋書ではなく、筋書の説明としては許されているのです。

「ハハハハハ」

と青年武者は誇り高く笑って
「お館さまの悪口など、言わせておくがその口は、八ッ裂きに、おお、そうじゃ、もうすぐお館さまがここに参られる故、その口さきを八ッ裂きに」

そう言って
「ハハハハハ」

と高らかに笑う。青年武士の「お館さま」と言うのは信玄公のことであります。捕虜の老臣の「お館さま」は諏訪頼重であります。捕虜の老臣の言う「御兄弟」というのは、信玄公の父

——信虎は、その娘を諏訪頼重に嫁にやっています。勿論政略結婚ですが、信玄公と諏訪頼重では義理の兄弟になるわけであります。だが義理の兄弟とは言っても、現在のように一夫一妻ではなく、諏訪頼重というひとりの男には何人もの妻がありましたから、現代の義兄弟より軽い意味になっている筈です。一夫一妻で、その他の妻は妾という差別は明治以後の考えかたで、当時は何人の妻があっても、どの夫人も同じ地位、扱いだったのであります。ここで捕虜の老臣が「御兄弟」と言うのは、謀殺されたのだから、ことさらに兄弟関係を言うのでありましょう。従って信玄公の追い出した父親——信虎には諏訪頼重は娘の婿になるのであります。また、信玄公が父親の信虎を追い出したのは事実です。普通の場合、子供が親を追い出したりすれば大変なことですが、武田信玄の場合だけは特別な事情があったようであります。まず、家臣たちが追い出すことに反対しなかった。反対するなどというより協力したと見るほうが妥当のようであります。いや、協力したというより家臣たちが追い出すようにすすめたと見るほうが正しいのです。協力、すすめた、というよりは事実は重臣たちの計画したことと見るのが正しいようです。信玄公の父——信虎は暴君だったのです。暴君というより狂人に近いようだったのではないでしょうか。その暴虐ぶりは後に殺生関白と言われた豊臣秀次とそっくりな行動だったようであります。まず、機嫌が悪いとヒステリーのようになって家来を斬り殺します。道を歩いている孕み女を見ると腹を割いて腹の中の胎児を眺めて、妊娠何カ月はどのくらいの大きさ、何カ月はどのくらいと調べたそうであります。

それほどの暴君だったので、重臣たちが計画して追い出して信玄公が跡を継ぐことにしたのですが、信玄公を悪く言う敵側にはよい材料になってしまったのは仕方がないことであります。敵側ばかりではなく、信玄公の血縁の者でも信玄公に反目する者にはよい材料になってしまったのです。この場合、信虎の娘を貰っている諏訪頼重側などは信玄公と戦って負けたのですから、ことさらにその問題をとりだして罵るのは当り前のことであります。

「ハハハハハ、なんとほざいてもはじまらぬ、その口、もうすぐ、八ッ裂きに」

デン、デン、デンと太ざおが鳴って法螺《ほら》貝の吹く音が響いて、花道から大勢の合戦武者の行列が現われてきます。そのまんなかに信玄公が出て来るのですが、信玄公だけは鎧、兜をつけていません。行列は舞台中央に出て来て、信玄公は松の木に縛られている諏訪方の老臣に、ちょっと目をやるだけで

「高遠か」

と声をかけます。実際には信玄公などはこんな敵方の老臣の顔などは知らないが、この場合は顔を知っていることになっているのであります。そうしないと筋書がすすまないからです。

「申し上げます。これなる高遠、お館さまに対して悪口雑言」

そう言うと信玄公は捕虜の高遠に

「その方に、聞かせておきたいことがある。これより、我が家臣たちが、頼重どのの息女梅どのを……」

そう言うと捕虜の高遠は
「ひぇーッ、梅姫さまを」

と身体をふるわせます。諏訪頼重の娘――梅姫はやはり捕われていることを捕虜の高遠はここで知らされたのであります。

「そうよ、そうよ、さきほどからの貴様の雑言、これより梅姫さまを如何に処分するか、よく聞いておれ」

と青年武者は罵るように捕虜の高遠に言う。貴様などという言葉が出てくるのは、旅芝居なので、お客さまたちによく判るような言葉づかいをなるべく使うのであります。

「梅姫さまを如何するのじゃ」

と捕虜の高遠はいきり立って叫びます。

「されば、おのおのがた」

と信玄公を取り囲んだ家臣のひとりが言います。この家臣たちは、いずれも重臣たちです。信玄公は時に二十二歳、家臣たちはみな老臣であります。ひとりの老臣が
「されば、諏訪どのと当武田家は縁組を結んでおられると言えど、梅姫どのとは血縁はござらぬ。されば、お館さまには梅姫さまをお側にはべらせることこそ肝要かと存じまする」

と言う。つまり、諏訪頼重には信玄公の姉が側室になっていますが、梅姫はその側室の娘ではないのだから、信玄公が側室にすることが必要であると言いだしたのであります。

「なんと、なんと」

と松の木に縛られている諏訪方の老臣高遠は驚いて叫び声をあげます。

「そりゃまた、何の必要あって?」

とひとりの老臣が言います。

「諏訪どのは昨夜片づけたばかりなり、なんで、敵方の娘を側女《そばめ》にする必要がござろうか?」

と、もうひとりの老臣が言います。諏訪どのとは頼重のことです。「昨夜片づけた」などという言葉も老臣たちの使う言葉ではないが、旅芝居だからなるべく判りやすい言葉づかいになってゆくのであります。

「されば」

と、さっきの梅姫を側女にすすめた老臣は立ち上って、信玄公のそばに歩みよりました。そのとき、花道から縄で縛られた美女の梅姫が足軽たちにとり囲まれて出て来ました。梅姫は時に年二十一歳、美女の典型のような美しい女であります。その美しいお姫さまが、いくら戦さの捕虜だとは言え荒縄で縛られる筈はないのですが、これも旅芝居だから荒武者もお姫様も同じ扱いであります。梅姫は花道をすすんで舞台に来るのですが、松の木に縛られている老臣高遠と目を合わせます。

このときの高遠の身振りは凄いものです。「バタン、バタン」とツケ(拍子木で床板を叩く音)に合わせて縛りつけられた身体をゆするのですが、普通の場合は、ツケの音に合わせるのは花道などから飛び歩く、馳けつける場合などに限りますが、旅芝居では身振りにもクライマックスではツケの音を劇しく打つのであります。梅姫も背をそらせて縛られた身体で互いに縛られたまま身もだえをするのです。それから梅姫は高遠とは反対の上手の部屋の前にひき据えられるように坐らせられます。

「さればおのおのがた、諏訪頼重どのは滅ぼしたが、あとをひき継ぐ殿はなんとなされる、頼重どのの血すじを、お館さまと梅姫さまのあいだにもうければ諏訪の地を治めるは安きこと」

と、梅姫を側女にすすめる老臣は言うのです。これは、諏訪頼重を滅ぼしたがそのあとを統治するものは、信玄公と梅姫のあいだに生れた子供を立てれば、頼重の血縁の者が跡を継ぐことになりますから、土地の者たちは頼重の統治下にあることと変りはないことになるのであります。また、頼重の家臣たちも頼重に仕えるのと同じことになるのだから、反逆とか仇を討つなどという考えを起さないことになるだろうというのです。

「それは、まことによきお考え」

と他の重臣のひとりが言います。さっきは反対したひとりです。

「まことに、まことに重畳《ちょうじょう》なること」

と、重臣たちはつぎつぎに賛成することになります。信玄公はそれまで黙っているが、相談がまとまっても、なお黙っています。

「お館さま、いざ、こちらへ」

と重臣たちは上手の部屋に信玄公をすすめ入れます。

さて、それから、重臣たちのひとりが梅姫のそばに行って縄をほどくのであります。集議がきまると、もう信玄公は梅姫と同衾《どうきん》するのです。同衾というのは一緒に寝るという――性行為になるのだが、勿論この政略結婚は子供が生れなければその目的を果さないのであります。

デンデンと太ざおの三味線に合わせて引き立てられるように梅姫は、上手の信玄公の入った部屋に入って行きます。そうして、順次、重臣たちは下手から去って行きます。重臣たちが去ると、梅姫を引き連れてきた足軽たちも下手へと去って行きます。

舞台は、松の木に縛りつけられた諏訪方の老臣高遠ひとりだけになっています。

しばらく舞台は太ざおの三味線だけになるが、上手の部屋の明りが消えます。これは信玄公と梅姫の部屋が暗くなるということを示すので、梅姫は完全に信玄公のものとなったことを意味するのであります。

舞台は太ざおの三味線が止んで、ドロドロと怪しい気分をだす太鼓がかすかに鳴りだします。舞台もだんだん暗くなって行きます。不思議にも松の木に縛られた老臣高遠のところだけは明るくなっていて、高遠は首をうなだれているだけであります。

ドロドロ太鼓が次第に荒く鳴りだすと、どこからともなく狐火がぞくぞくと現われるのであります。太鼓はますます劇しく鳴りだして、老臣高遠が首をあげる途端、松の木の横の塀の上に一匹の白狐《しろぎつね》が現われているのです。

「諏訪の明神さまが」

と縛られた高遠は驚いて目を見張ります。

舞台の塀の上に現われた白狐は諏訪明神が狐の姿になって現われたのか、それとも、諏訪明神の使いの狐か、はっきりしません。老臣高遠が「諏訪明神さま」と叫ぶのだからおそらく諏訪明神の化身でありましょう。ドロ、ドロ、ドロと妖しい太鼓が鳴り止むと、また太ざおの三味線が鳴って、白狐は塀の上に立ち上ります。これから踊り風の太ざおの三味線に合わせて白狐のケレンになるのであります。白狐は立ち上っただけで塀の向う側に姿を隠します。舞台は薄暗くなって、太ざおの音が静かに響きます。松の木に縛りつけられた老臣高遠は呆然としておりますと、花道のセリから白狐が姿を見せます。塀の上では白狐の縫いぐるみを着ていましたが、ここでは白い上下に紫のぼかしの袴をはいております。袴は長袴ですから足は見えません。白装束の若い美しい武士の姿になっております。勿論、この衣裳は江戸時代の中期以後の風俗ですが旅芝居だからそんな考証の矛盾は関係ありません。また、塀の上に現われた縫いぐるみの白狐は白衣の狐の化身の武士の吹き替えですから、役は同じでも役者は違っています。ここから白狐は白と紫のぼかしの美しい武士になります。

武士姿の白狐は老臣高遠のそばに寄ります。ここで、ドロドロ太鼓が劇しく鳴って舞台は明るくなります。不思議にも白狐の顔はさっきまで老臣高遠に毒づいていた武田方の青年武士と同じ顔なのであります。つまり、武田の意地悪武士は白狐の化身だったのであります。これは、諏訪明神が白狐を使って武田側の悪役武士に変じて老臣高遠をここに縛りつけさせ、毒づかせたのであります。諏訪頼重の守り神でもある諏訪明神はなぜ、こんな逆な運命の運びをしたのでありましょうか。ここから諏訪頼重の武田家にたいする呪いが始まります。白狐と顔を合わせて老臣高遠は眼を見張ります。劇しく太鼓の音が鳴って、舞台は松の木の上から蛇のように荒縄が下りてきます。ここで白狐は荒縄に手をかけて、さーっと舞台を飛んで右手の離れ座敷の柱に飛び移ります。勿論、柱には仕掛けがあって飛びつくことが出来るような手かけと足場が出来ているのであります。この部屋の奥では信玄公と梅姫さまが枕を同じにしていますが、奥は暗くなっています。太ざおが止んで三味線の高い調子に変りますと、白狐の姿は柱の蔭に隠れます。やがて白狐は鴨居の隅に現われます。するすると鴨居を走り、白狐は窓の中に消えます。やがて、白狐は縁の下から現われます。現われると障子の前に立ちます。舞台はだんだん暗くなり白狐の立っている障子だけが明るくなります。三味線が止んで、ドロドロと太鼓が鳴って障子の前に立っている白狐は、いつのまにか障子の向う側に移っています。白狐は障子の向う側の影だけになっているのであります。これは、舞台が暗くなったり、明るくなったりするあいだに、白狐は足から肩から少しずつ障子の向うに移動しますが、障子は真んなかが布地になっていて、白狐の立っている箇所だけが切ってあって開くことが出来るようになっているのであります。三味線と太鼓が劇しく鳴って舞台は暗くなります。白狐は消えて、すぐ花道から馳けつけます。舞台は明るくなって馳けつけた白狐は舞台中央に出、とんぼを切ります。

右に左に、怪しく飛び交います。

再び三味線は止んで静かに太ざおの音に変ります。デン、デン、と太ざおは鳴って白狐は静かに踊りながら、いつのまにか花道に戻ります。花道の中央で白狐は踊り終って、しばし坐り込んでしまいます。ここで太ざおの音は止みます。少したって、突然、舞台は暗くなって花道だけが明るくなります。三味線や太鼓が劇しくなります。花道の白狐の武士は立ち上ります。長い袴の股立《ももだち》を取って走りだす型になります。花道の引っ込みを、きっと、睨みます。白狐はここで花道を引っ込むかと思われます。が、さーっと、うしろを向いて舞台に走りだします。さーっと水泳の飛び込みのような形になって松の木の中間——一・五メートルばかりの空洞の中に飛びつきます。そこだけ布地になっていて、白狐はそこから楽屋の裏にトンボを切って起き上ります。空洞の布地は楽屋裏から裏方がすぐに元どおりにふさぎます。白狐の武士は松の木の空洞に消えたのであります。劇しくなった三味線や太鼓は止んで舞台は明るくなります。明るくなった舞台で松の木に縛りつけられた老臣高遠は死んだように伏せっています。やがて右手の離れの奥が明るくなります。上手からも下手《しもて》からも家臣たちがあわただしく出て来ます。離れの部屋の縁側に立ち上ったひとりの武士が大声で叫びます。

「梅姫さま、男子御誕生」

つづいて
「諏訪四郎勝頼さま御誕生」

と外の家臣のひとりが叫びます。さっき、梅姫と信玄公では交りを結んだばかりですから、すぐに子供が生れるわけはありません。これは白狐が変化をしているうちに一カ年もの月日がたったことになるのであります。また、武田勝頼が生れてもすぐに勝頼という名ではありませんが、旅芝居ですから、ここでお客さまに判りやすく生れるとすぐに勝頼という名になります。

さて、勝頼が生れたことを知らせますと、家臣たちはあわただしく舞台から去って行きます。舞台は暗くなって、松の木に縛りつけられた老臣高遠の場だけ明るくなります。松の木に縛られて死んだように眠っていた老臣高遠はここで眼を開きます。デンデンと太ざおがまた鳴りだします。

「む、む、……」

と高遠はひとりうなずきます。

「さては諏訪明神さまのご霊験によって我が殿頼重さまの敵《かたき》を討つことが出来るものかな」

と叫びます。つづいて、

「梅姫さまの御子、勝頼さまが憎き武田家を滅ぼして下さるか」

ドドン、ドドンと太鼓が鳴って塀の上に縫いぐるみの白狐が現われます。途端、バタンとツケが鳴って松の木に縛りつけられていた高遠の縄が解けます。高遠は上手の離れの部屋に飛び込みます。すぐに、赤ん坊を抱いて縁側に出て来ます。太鼓が劇しく鳴って、塀の上の白狐と高遠は身体をゆすって見得を切ります。ツケが鳴って幕になります。

これで、この幕は終りました。幕が下りるとしばらくして、幕をくぐって役者が出てお客様に挨拶を述べることになっております。これを口上と言いますが、座がしらがすることになっています。幕を持ちあげて客席に手をついたのは、さっき、高遠になった役者であります。座がしらはかつらをはずして、かつら下の羽二重でアタマをかぶって挨拶に出てきました。前の幕の扮装の下着のままです。

「エー、今晩は、はやばやと、ぞくぞくお出かけ下さいまして座員一同になり代り、有難く厚く御礼申し上げる次第であります」

ここで座がしらはひれ伏すようにして客席に向って頭をさげます。続いて

「さて、舞台は次の幕の仕度をしておりますので、仕度が出来るまで、幕まを頂戴しまして御挨拶、まただまたお願いを申し上げる次第でございます」

これから座がしらの口上は次の夜の外題《げだい》とその宣伝をすることになっています。宣伝だからなるべく面白くするので嘘もまぜます。この信玄公の芝居も明晩の、続きの幕の筋書を少し説明します。嘘もまぜて説明しますが、次の夜、その芝居を見に来るのは同じお客様なのですから嘘を予告すればバレてしまいます。だが、お客様のほうでも「昨夜の予告とは違うぞ」などとは騒ぎません。その次の夜でも演るだろうと気にしません。座がしらの口上は続きます。

「さて、明晩の演《だ》しものは『赤穂義士』のうち、『大石、安兵衛智慧くらべの場』を演《や》らせていただきます」

ここで座がしらはその説明をシャベります。

「祇園一力茶屋《いちりきぢゃや》で花魁《おいらん》相手に遊んでばかりいますので怒った堀部安兵衛が大石の宅へ怒鳴り込みます。もっとも、それ以前、大石内蔵之助は安兵衛に〝貴殿は高田の馬場の仇討、喧嘩安兵衛として花の江戸では名を売ったことがあるので顔を知られている〟、そういうわけでありますから堀部安兵衛は江戸に行くことを大石から禁じられております。そこで安兵衛は知られている顔をかくすため、顔じゅうに焼ごてをあてて大石を尋ねます。知らぬ顔になりすまし、いつまでも仇討ちをしない大石に悪罵をあびせます。大石は帰りかける安兵衛のうしろ姿に〝お待ち下され安兵衛どの〟と声をかけます。人相を変えたので誰知るまいと思いきや、大石内蔵之助に見破られてしまいますので安兵衛は悲嘆の涙にくれます。〝安兵衛どの、顔や形は変っても、貴殿のその声だけは変えられまい〟と、ここで安兵衛は水銀を呑んで声をつぶして、人相、声を変え、首尾よく仇討ち本懐をとげる『赤穂義士』のお粗末を座員一同熱演を致しますから明晩も、何卒、お出で下さいますよう、スミからスミまでズイッと、願い上げ奉ります」

と、座がしらは頭を下げます。続いて

「エー、私どもは一年、三百六十五日、忠臣蔵は義士外伝だけでも三百六十五幕どころか四百も五百もございます。外伝だけでも千幕もございます。と申しますのは、毎晩毎晩、忠臣蔵を演りましても同じ演《だ》しものをやらなくても三年間は続きます。舞台で使う刀のかずは百五十本、衣裳は千着から千五百着用意しているのでございます。演しものは次から次へと作りますから今晩お出で下さったお客さまに〝あれは、以前いちど見たことがある〟などと言われることはございません。何卒、明晩も、はやばやとお出で下さるのをお待ち申し上げております」

座がしらは次の幕、信玄公の宣伝に移ります。

「次に明晩の中幕は、さきほど上演いたしましたつづきの幕をご覧に入れます。明晩は、親の敵との仲に生れた勝頼が武田の家を滅ぼす、これみな、諏訪明神さまのお指図でございます。あーら不思議やな、武田家の大切の場面になりますと白狐が姿を現わします。明晩は、武田家の跡つぎをめぐって、不思議を現わします。ついに、武田家の滅亡の土台を作りますれば何卒、おたのしみにお待ち下さいますよう。次に、今晩は、これより舞踊劇〝やぐらお七〟を演《や》らせていただきます。御存知のように〝八百屋お七〟はいとしい男と逢うために我が家に火をつけます。火をつけてやぐらに上って半鐘を叩きます。火をつけるところを隣家の権兵衛に見られていますから、すぐに捕り手が向います。やぐらの上で半鐘を叩いているお七は何百人もの捕り手に囲まれます。八百屋お七は決して野菜を売る八百屋のことではございません。八百屋という屋号の質屋でございます。この質屋の主《あるじ》は町人に身を落しておりますが、以前は武士でございました。従って、お七は武士の娘でございます。武芸は槍、刀、薙刀《なぎなた》をよくしますがお七はことに小太刀の免許の腕を持っております。やぐらの下に押しよせる捕り方を相手にお七は戦います。が、所詮は多勢に無勢《ぶぜい》でございます。覚悟をきめたお七は再びやぐらの上にあがり、降りしきる雪のやぐらの上で恋しい男の名を呼びながら、自害を致します。世に言う〝火あぶりになるお七〟は、実は、やぐらの上で自刃《じじん》するのでございます。のちに、お七の亡骸を火つけの罪によって形ばかりに火あぶりに致すのでございます。今晩は、これより、やぐらの上で捕り方を相手に一刀流の極意を振う八百屋お七の舞踊劇、お七に扮しまするはわたくし、阪東染之丞でございますれば何卒、しまいまで、ゆるゆると御覧下さいますよう、七重も、八重も膝を折りまして懇願たてまつる次第でございます」

座がしらの口上は終って次の幕〝やぐらお七〟になります。口上ではお七は小太刀を使って捕り手と戦うことになっていますが、これは嘘でございます。舞踊劇で、捕り手と戦うような踊りだけで終ってしまいます。それでも上手に踊りますので客は満足して帰ります。

次の夜は、『赤穂義士』「大石、安兵衛智慧くらべ」の幕からはじまります。

それが終ると中幕の〝忠孝諏訪狐、信玄館の場〟の幕になります。

幕が開きますと舞台は信玄公の館の広間であります。うしろもまわりも襖ですが、不思議なことに下手の部屋だけ障子になっております。これは、この障子の部屋に白狐の影が写るようになっています。この芝居の筋書は白狐が現われては筋書が運ばれてゆくのでありますが舞台は空舞台ですが
「太郎義信さまお成り」

という声が花道から響いてきます。花道が明るくなって信玄公の長男——武田家の跡継ぎである義信がひとり花道から出て来ます。義信は舞台の中央に入って着座します。法螺貝と鉦《かね》の

音が鳴って、ひとりの老武士が花道から急ぎ足で馳けつけます。

「若殿さま」

「兵部《ひょうぶ》か」

とセリフのやりとりがあって二人は目を合わせます。

「不思議なことがあるものじゃ、そちが来ると共に法螺貝の音、鉦の音が、どこからともなく響いてきたが」

「なんと?」と老臣兵部は身構えて、あたりに気をくばります。

「さては、若殿さまには武運拙《つたな》きか、御叛意は、すでに発覚いたしましたるぞ」

若殿義信は少しも驚きません。

「はてさて、気早やなる兵部よ、そのような心配は無用なるぞ」

「それはまた、何故でござりますか、ご謀叛既に現われて、この館は取り囲まれたのではござりませぬか」

と兵部と呼ばれる老武士はふるえるようにして若殿のそばに近づきます。それから、あたりに気をくばって言います。

「なぜか信玄さまには勝頼さまばかりを信頼なされております。このままでは若殿さまは疎んじられて、武田の跡継ぎは勝頼さまに奪われてしまいます。幸い、駿河の今川さまより御伝書が参っております」

兵部はふたたびあたりに気をくばって手紙を出して見せます。

「いっときも、早く、とのお知らせでございます。だが、大事が発覚したる上は、館に火を放ち、ご覚悟を」

太郎義信は
「早まるな兵部、まだ大事が発覚したとはかぎらぬヮ。ただ、さきほど、聞えた寄手の響きは、なんとしたことじゃ」

「さ、それが、なんとしたことでござりましょうか」

と兵部と若殿は寄りそってあたりを伺います。花道が明るくなって
「信玄公さまお成り」

と響きます。舞台の義信と兵部は驚いて手をとりあいますが、義信公が
「さても、お父上さまがここにお成りになるとは、わがこと、いまだ覚られず」

と言います。

「さらば、今宵、ここにて」

と兵部は言って、義信の手を取って下手の障子の部屋にかくれます。花道から、信玄公が家臣を連れて現われます。

舞台中央に信玄公が坐りますと、突然、舞台は暗くなり、ドロドロと妖しい太鼓が鳴って下手の障子の部屋だけ明るくなります。そうして狐の影が障子に写ります。

「妖しき狐」

　と信玄公が声を立てます。そう言った途端、狐の影は消えて義信と兵部が現われます。兵部が信玄公めざして斬りかかります。狐の影とともに伏していた家臣たちが立ち上ります。老臣兵部はすぐさま家臣たちに斬られます。これを見て義信は我が胸に刃を刺して自刃します。花道が明るくなって、七三のセリから狐がセリ上ってきます。

「妖しき狐」

　と家臣たちは騒ぎます。狐が手を振ると家臣たちは揃って倒れます。信玄公だけは倒れません。狐は花道から踊りながら引っ込みます。

　舞台は明るくなって信玄公や家臣が並んでいます。下手から声がして
「義信さま御弟龍宝《りゆうほう》さま」

　と声がします。やがて下手から信玄公の次男、盲目の龍宝さまが切髪姿で家臣に手を引かれて出てきます。龍宝は手を引かれて舞台に出ますが、信玄公の前で止って頭を下げて上手に去って行きます。

　また、下手から
「龍宝さま御弟西保《にしぶ》三郎さま」

　と声がします。やがて、三男西保三郎が板に乗って現われます。病人姿であります。西保三郎も信玄公の前で一礼して上手に去って行きます。しばらくたって信玄公が静かに家臣たちに

「武田の家を継ぐ者は四男勝頼にきめたぞ」

と言います。

「はーっ」

と家臣たちは頭を下げます。下手から
「勝頼さまお成り」

と声がします。途端、ドロドロと太鼓が鳴って舞台は暗くなります。障子の部屋だけが明るくなって狐の影が写ります。

「妖しき狐」

と信玄公が声を立てます。ドロドロと太鼓が鳴って狐の影は消えます。途端、舞台は明るくなって下手から四男の勝頼が出て来ます。勝頼は舞台中央に来ますと信玄公の前に坐ります。

家臣のひとりが
「お館さまは勝頼さまを跡継ぎにお決めになりました」

と叫ぶように言います。

「はっ」

と勝頼は平伏します。嫡子の太郎義信は、信玄公が勝頼を偏愛しますので武田家の相続は勝頼に決められてしまうことを察します。それで、老臣兵部と計って、義信夫人の父駿河の今川氏と結んで信玄公を討とうとしますが、兵部は斬り殺され、義信は自刃するのです。次男の龍宝は生れつきの盲目ですし、三男の西保三郎は病身で間もなく病死します。それで信玄公は勝頼を武田家の相続者と定めました。そうして重臣たちに発表をしました。家臣たちも「勝頼さまをお決めになりました」と勝頼に告げて、勝頼も有難く平伏しますが、この時、突然、信玄公は

「さても妖しきことがあるものかな、勝頼の身辺には妖しき狐の影があり」

と言います。それから

「勝頼の嫡子信勝をこれへ」

と言います。家臣が下手に走ります。まもなく下手で

「信勝さまお成り」

と声が響きます。下手から今年七歳になる勝頼の長男信勝が老臣に付き添われて現われます。信勝も舞台中央で勝頼と並んで着座します。信玄公が

「皆の者、よく聞け、武田の跡目は信勝にきめたぞ」

と大きい声で言い渡します。さっき、勝頼を跡目相続に決めたと言い渡しましたのに、すぐに、変更してしまいました。

「はっ」

と家臣たちは平伏しますが、あまりに、急に変ってしまったので驚いて平伏してしまったのです。なかでも勝頼は尚更であります。信勝は勝頼の子ですが、これでは勝頼の存在は無視さ

れてしまったのです。

信玄公は更に言います。

「信玄これより京都に向って出陣する。武運拙く、もし我が身に変事が起りし時は、信勝を立ててこの信玄の身代りとせよ」

そう言い終ると、法螺貝の音、鉦の音と陣太鼓の響きが鳴ります。

ここで信玄公の出陣になりますが、芝居ですからなかなか派手になります。舞台は暗くなって、信玄公は花道に立ちます。これから信玄公が六方をふんで花道の引っ込みとなります。まず信玄公は上衣をぬぎます。下は金色まぶしい蛇のうろこの模様になります。勿論、上衣をぬいで垂れ下れば、上衣の裏も金色のうろこの模様になっています。これは信玄公が大永元年、巳の年生れ、即ち蛇の年の生れということを示しているのであります。信玄公の出生は父信虎が甲府市外飯田河原で戦って大勝を得た日に生れたので勝千代と名づけられたことになっていますが、旅芝居の信玄公最後の出陣に蛇のうろこの下着をつけることになっているのは巳の年の生れであることを物語っているのであります。勝千代は飯田河原の勝戦さの一年前に生れたと伝えられています。

さて、旅芝居の信玄公の花道の引っ込みは素晴らしい踊りになっております。両手をひろげて、また、両手を高く上げます。腰をゆするのですがハワイのフラダンスのように左右には振りません。垂れた上着がまるく廻るように腰をまわします。それは、腰をふると衣裳全体がまわるようにゆれるのであります。そうして花道を進むのですが、三歩進んで二歩退りますから一歩ずつ進むのです。身体をゆするたびに高くかかげた両手も踊ります。法螺貝と鉦と陣太鼓に合わせて劇しく三味線が鳴って信玄公は引っ込みます。この幕では座がしらが信玄公を演っているのであります。

舞台は再び明るくなりまして、中央には信勝が着座していて勝頼はその下に坐っております。信玄公は出陣しましたが、舞台にはまだ家臣たちは残っています。

これから勝頼の出陣になります。勝頼は我が子である信勝の下手に平伏します。それから花道に出ます。舞台は暗くなって花道だけが明るくなります。法螺貝と鉦と陣太鼓が鳴ります。勝頼が上着をぬぎます。下着は真紅の馬のたてがみの模様です。上着をたらせば裏も真紅のたてがみの模様です。これは勝頼は丙午《ひのえうま》の生れ年であることを示しています。勝頼の引っ込みは踊りではなく「飛び六方」で引っ込みます。

勝頼が引っ込みますと舞台は再び明るくなります。舞台には信勝と家臣がいますが、これも下手に引っ込みます。舞台は空舞台になります。

舞台は暗くなって障子の部屋だけが明るくなります。ドロドロと太鼓が鳴って狐の影がまた写ります。バタン、と障子が倒れて、現われてきたのは前の幕に出て来た諏訪頼重の、高遠と呼ばれた老臣であります。前の幕で松の木に縛りつけられたと同じ姿ですが、袴を長くひきずっています。よく見ると耳が長くたれて狐のようです。顔も妖しげな相になっています。このと

きは老臣高遠は死んでいますので、その亡霊が現われたのであります。太鼓が止んで、デンデンと太ざおが鳴ります。亡霊の高遠が

「わが亡きあとには、我が子、高守、われに代りて、勝頼さまにお仕え申す」

と言い終りますと、あたりに狐火が現われます。亡霊の高遠は花道のセリの上に行きます。

ドロドロ太鼓が鳴って亡霊の高遠はセリから消えます。

舞台は再び明るくなります。花道からも下手、上手からも家臣や侍女たちが走り出て来ます。

「お館さまが」

「御病気で」

「亡くなられました」

と叫びながら走ります。花道から家臣たちに守られて信玄公は遺骸になって、戸の板に乗って来ます。勝頼もそのあとに従っています。デンデンと太ざおが鳴って信玄公の遺骸は舞台中央に置かれます。下手から信勝が家臣と共に現われます。

まず信勝が信玄公の遺骸に焼香します。つづいて勝頼や家臣、侍女たちが焼香します。

焼香が終ると信玄公の遺骸は上手に運ばれます。信勝もそのあとから従《つ》いて行きます。家臣や侍女たちもそのあとにつづきます。

舞台には勝頼ひとりになります。舞台は暗くなってドロドロ太鼓になります。花道のセリが明るくなって平伏した武士がひとりセリ上ってきます。

武士は
「勝頼さま、亡き高遠の一子、高守、諏訪より参りました」

と名乗ります。勝頼は、

「これは高守、よくぞ参った。父上には陣中にて御病死なされたぞ」

「えッ」

と高守は驚きます。勝頼はつづいて
「騒ぐではないぞ。ご遺言によって、父上の死は三カ年隠しておくことになっておるぞ」

「へーっ」

と高守は頭を上げましたがすぐ平伏します。

「よいか、必ずとも、口外するではないぞ」

「へーっ」

と高守は平伏します、勝頼は
「それにしても高守、そちは、いつ、信州から参ったか?」

と聞きます。

「信玄公さまの出陣を承り、いそぎ、お後を追ってきました。途中、一匹の狐が現われ」

と高守が言います。

「なんと、狐が」

と勝頼が言った途端、ドロドロと太鼓が鳴って舞台は暗くなり、障子の部屋に狐の影が写ります。バタンと、障子が倒れて、前夜の幕でケレンを演《や》った白衣の狐武士と老臣高遠が現われます。ドロドロ太鼓に合わせて白狐と高遠は勝頼のほうに寄ります。勝頼は呆然と腰をおろしています。老臣高遠は高守に向って手招きします。ドロドロ太鼓に合わせて高守はうしろから髪でも引かれるように、ふらふらと勝頼のうしろにまわります。太鼓が劇しく鳴って高守は刀をぬきます。勝頼のうしろに立って刀を高く振り上げます。勝頼の首を介錯《かいしゃく》するような形になります。ドロドロと太鼓はまた劇しく鳴ります。舞台の上方から狐火がここ、かしこに現われます。このあいだに白狐と高遠は障子の部屋にかくれます。

まもなく狐火は消え、舞台は明るくなります。高守は花道のセリの上に前と同じように平伏します。

「はて」

と勝頼は高守に向って声をかけます。

「不思議なことがあるものかな、突然、眠りに誘われて、不思議な夢を見しものかな」

と言いますと

「申すも怖ろしきことながら、わたくしも不思議な夢をまどろみました」

と高守も言います。

「なんと？」

と勝頼は言って
「申してみよ」

と言います。

「………」

高守は平伏したままです。

「されば、わしの見た夢を申してみよう。わしは戦いに破れて、いずこかの山の中で、高守、そのほうの介錯で自刃する夢じゃ」

と勝頼は言います。

「………」

高守は黙っています。

「高守、そのほうのみた夢を申してみよ」

と勝頼は言いますが
「………」

高守は黙っています。高守は信州からここへ来る途中、山の中で父親高遠の亡霊に出会った夢を見たのであります。そうしていま、夢うつつのうちに勝頼を介錯する行動をしてしまったのであります。高守は自分の行った行動ではありますが、あまりの不思議さに、やはり、呆然と平伏しているのであります。

突然、舞台は暗くなります。お客様の席も暗くなります。それから、お客様は客席の上方が明るくなったことに気がつきます。どこからともなくガラガラと車のまわる音が聞えてきます。お客様は頭の上が明るいので一せいに眼を向けます。客席の上空には十文字に太い針金の縒《よ》り合わせた縄が張ってあります。ガラガラと音がするのはこの太い針金の縒り合わせた縄が動きはじめたのであります。これは、今夜のケレン——宙乗りの仕度がしてあったのであります。突然、白衣の狐の武士が舞台の上空から縄に吊られて客席の上空に動いて来ます。これはただ吊られているだけで縄がくるまで回って動いて来るのであります。白狐の武士は勿論前夜の幕でケレンを演ったと同じ役者が扮しております。白狐の宙乗りは客席の真ん中の上空に来ます。ここは十文字の綱の交差しているところであります。ガラガラと回る綱のうごきは、ここで止って白狐は十文字の綱の上で立ち上ります。吊られて来るのは誰にも出来ますが、ここで立ち上ることは出来ません。わーっとお客様は手を叩きます。下から狐を見上げますと水白粉《みずおしろい》を塗って厚化粧をしていますが、顔は皺がいっぱいです。ケレンを演る白狐は青年武士のように見えましたが、もう六十歳以上の年齢だと判ります。白狐のケレンは座がしらの師匠が演っていたのです。師匠は舞台生活から引退しているのですが、この役だけは座がしらに頼まれてやっているのであります。

「東西、東西」

と拍子木が鳴って舞台では、引き幕がはられて、さっきの勝頼に演《な》った役者が勝頼の扮装のままで幕の外に出て挨拶を致します。

「只今より、阪東染之丞一座の恩師阪東勘十郎が一世一代の飛び切りのケレンを演《や》らせていただきます。首尾よく縄に飛び切りましたら、拍手喝釆の程を一重にお願い奉ります」

という挨拶と共に、鉦、法螺貝、陣太鼓が鳴って頭上の白狐は縄から高く飛び上ります。「アッ」と客席では騒ぎます。ドタンと大きく鉄線の音がして落ちてくる白狐の師匠は両足の膝を綱にかけて空中に逆さのブランコになります。鳴物が劇しく鳴って師匠は逆さの宙乗りのまま、客席のうしろのほうに動き客席の二階の隅に降ります。お客様が気がつくと、舞台はいつのまにか引き幕が開いて明るくなっています。法螺貝、鉦、陣太鼓が鳴って花道からも、下手からも、あわただしく家臣が走り出て叫びます。

「御謀叛でございます」

「御謀叛でございまするぞ」

「信州の叔父さま、木曾の義昌さまが御謀叛でございまするぞ」

法螺貝、鉦、陣太鼓が劇しく鳴って上手から勝頼が現われます。舞台正面で勝頼が大きく見得を切って幕になります。

信玄公の幕が終ると座がしらは幕間《まくあい》の挨拶に出ました。毎晩、熱演はしますが昨夜より客の入りはよくないのであります。いや、その前の晩から次第に入りがよくないのは熱演するとかしないとか、芝居が面白くないとか、そういう理由ではないようです。不入りになってゆく理由を知るのが旅芝居では座がしらの役目でもあります。旅芝居は小屋主と共同で興行する場合は、収入は半分わけで、小屋主は小屋の費用一切を持ちます。役者は演しものの一切の支度をします。興行をするには小屋主の費用などもいろいろかかります。なかでも電気の代金が一番かかるそうです。また、役者側で小屋を借り切って演る場合と、小屋主が役者一座を買いとって興行する場合とありますが、この阪東染之丞一座は小屋主と共同で演っている――これを「ノリで演る」とこの地方では言っています。「ノリ」は「乗り」という意味でしょうか、興行がかりではなく資本を出し合う場合に両方が半々で出す場合を「ノリで演る」と言っています。

信玄公の芝居が不入りなので、ノリで演っているのですから座がしらはその責任が充分あるわけです。そうして、その原因は信玄公の芝居が不評であるわけではなく、お客様たちの「ふところぐあいが悪いため」ということになるらしいのであります。つまり、この芝居には座がしらの師匠――阪東勘十郎を特別に頼んできているので入場料が高くなっているからだということにきまりました。

「エー、はやばやと、毎夜お出かけ下さいまして座員一同になり代り、有難く厚く御礼申し上げる次第でございます」

と、座がしらは幕をまくりあげて現われました。

「明晩の演しものは、『赤穂義士』のうち」

と座がしらは言って

「裏の垣根はマラだらけと言われる祇園、一力の美人舞妓初菊と大石主税《ちから》の悲恋物語」と言ったところで客席は「わーっ」と笑います。祇園と一力と同じ場所にしてしまったのを客は笑いだしたのではありません。美人を形容する言葉に「裏の垣根はマラだらけ」という言葉を使ったので客は騒ぎだしたのであります。座がしらのほうでも、ここで客が騒ぐと思うので、うまく口上を切ります。そうして、客がわーっと騒いで落ちつくのを待っております。わーっと客は騒ぎますがすぐ落ちつきます。座がしらが何かを言っているように口をうごかしているので耳を立てます。座がしらのほうでは客をしずめるためにちょっと口をうごかして見せたのです。

「いや、まったく、この初菊というのは美《い》い女だったのでございます。祇園、一力に舞妓に売られる前、まだ親の許にいたときであります。初菊がいい女でございますので、近所の若い男たちは、夕方、仕事から帰って来ると、この初菊の顔を眺めに来ます。覗きに来るのでございます。そこは貧乏人どおしでございます、家の中は一間しかありません。裏にちょっと——八畳間ぐらいの空地があって、まわりはヒバかなんかの垣根が三尺ばかり高く囲ってあるだけでございます。垣根の上から初菊の顔を眺めに来るのでございますが、そこが、それ、夏のことでございますから若いモンなどすぐ裸になります。いまは裸では外へ出るのはいけないことになっておりますが昔は駕籠かきの雲助なんぞはふんどしひとつで往来を歩いたものでございます。ふんどしひとつでもオマワリさんに怒られなかったのでございます。ふんどしひとつで外を歩いてはいけないというのは明治になってからのことでございます。初菊の家の裏の垣根は夕方になると、ふんどしひとつだけの若いモンの顔がずらーっと垣根の上に並んだように現われます。ところが、そこは、それ、元気いっぱいの若いモンが美い女を見てダラーッと鼻の下を長くします。ところが、そこがそれ、若い者は元気がいいものでございますからふんどしの下が自然にふくれてしまいます。ふくれるのはいいですが、そこが、それ、ふんどしなどというものはハバのせまいものでございますから肝心のものがふくれてしまいますと外へ飛びだしてしまいます。若いモンたちのほうは垣根があるので気がつきませんが、初菊の家のほうで見ると垣根の上には若いモンの顔が並んでいるわ、垣根のあいだには妙なものが顔を並べているわ、とにかく『ひとり娘にムコ八人、裏の垣根はマラだらけ』と、美人というものはそう言われるのでございます。

さて、この美い女の初菊が祇園、一力に売られまして舞妓になります。大石内蔵助は世間の眼をゴマかすために女郎買いばかりやっております。内蔵助の息子の主税も父親の真似をして女郎買いに参ります。ここで初菊と顔を合せます。ひとめ見て、ふたりは恋いこがれてしまいます。悲しいかな大石主税は間もなく仇討ちのために『あずま下り』となります。主税、初菊の涙ながらの別れでございますが、初菊は主税を涙ながらに力をつけましてあずまくだりとなります。

明晩はその『主税、初菊、涙の別れ』一幕と、さて、中幕はさきほど上演いたしましたつづきの幕をご覧に入れます。明晩は、信玄公が死んで十年たらず、天目山で勝頼が桜の花の散る下で、花と散ります『天目山の花吹雪』、さくら吹雪の舞う中で諏訪明神の白狐が舞い狂う天目山の大詰の幕をご覧に入れますれば、何卒、おたのしみにお待ち下されますよう」

ここで座がしらは挨拶を止めて客を見渡します。ちょっと間をおいて、にっこりと笑います。それから

「どうですお客さま、まいばん、まいばん、この染之丞の芝居を見に来ると、お台所のほうが、ちょっと、心細くなりませんか。とんでもないことでございます、染之丞の芝居におかず代を運んだから晩めしのおかずがまずくなった、それなら、染之丞の芝居も見ないでいようなんてお考えをおこすのはとんでもないことでございます。ごはんのおかずなんていうものは、ちょっとしたやりかたで随分ちがうものでございます。そうそう、この前は〝お肉のいらないカレーライスの作り方〟をお教えいたしましたが、今晩は〝うどんのツユの作り方〟をお教えいたしましょう。これは、誰にも教えない秘密なコツでございます、まず、お鍋の中にネギを一寸切りにして油でいためます、そこへ、水を入れて、お醤油を入れれば美味いおツユが出来上ります。うどんはおかずがいりません、乾めんを買ってきて茹でればそれでいいのでございます。手数はかからない、毎晩たべても飽きない、おかずはいらない。うどんほど便利でケイザイなものはない。皆さん、どうか、あしたの晩はうどんにして、つけ汁の秘ケツでうまーいうどん

をたべて、早やばやと染之丞の許へお越しをお願いいたします」

座がしらの挨拶は終って、次のキリの幕「八百屋お七」の舞踊劇の幕になります。

さて、次の晩になりました。うどんで金のかからない夕飯を食べて、早やばやと客が来るかと思っていますと、これがまた、ぜんぜんお客が入りません。早やばやと来たのは五人か、六人だけ。赤穂義士の「祇園、一力、主税、初菊悲恋物語」が始まってもやっと十五人ぐらいしかお客が入ってきません。楽屋では役者たちがポカンとして顔に水白粉を塗るのも簡単にしておいて、顔を拵えるのもはりあいがありません。「こんやは、マル札だな」と役者たちは言っています。座がしらが鏡台の前でぜんぜん化粧をしていません。座がしらが「マル札だな」と言いだしているのです。マル札と言うのは、芝居を止めてしまうことであります。はじめの一幕を途中でうまくキリをつけて、ちょっとやったところで幕をひいてしまい、お客に帰って貰います。マル札というのは客が帰るときに入口の下足のところで札を貰うのであります。紙キレに小屋主がハンを押して、明晩の入場券になるのであります。十五人ばかりで芝居を演るのは役者も演る気になりませんが、小屋の電気代だけでも大へんな損をするのであります。下足番がふたり、これもマル札の晩はタバコ二個ぐらいやって帰ってもらいます。日当は出しません。それでもマル札の晩は、最初の幕をちょっと見ただけでも損ではないと客は不平も言わずに帰ります。なかには、贅沢な客があって、「今夜は行ってもマル札だから」とその晩の様子で不入りを予感します。そうして行かないのです。これは、贅沢なお客さまで、たいがいのお客さまは一回分の入場料で二回行けるような気がするので、マル札でもたのしめるものであります。

その晩、マル札になったのは二里ばかり離れた村に祭りがあって、そこで村人たちの演芸があったからだと判りました。勿論、その村に祭りがあって、そっちへ客をとられてしまうことは判り切っていますので、そういう時は芝居を中止します。中止と言っても夜になって入場者が芝居小屋の入口へ行くと小屋の中には電気がついていません。入口に「中止」と書いた紙がハリつけてあるだけですから、小屋まで行かないで遠くから小屋が暗くなっていれば、「今夜は中止だな」と客たちはたいがい小屋まで来ないで帰ってしまいます。中止の晩は宵のうち小屋の屋根で太鼓がしません。が、これもアテにならないので、夕方、屋根の上で太鼓が鳴っても中止の場合もあります。

その晩は、となり村に祭りがあることは判っていましたが、朝から風が強く吹いていたし二里も離れている祭りなのでそっちへ客をとられるとは思っていません。が、夕方になって、強い風が止んでしまったのであります。それで、芝居のほうはマル札になってしまったのでした。

さて、マル札で客は帰ってしまいましたが、下足で履ものももらわないで、まごまごしている五、六人の客があります。

「なにを、まごまごしているんだい」

「早く帰《けえ》らんかい」

とふたりの下足番に怒られています。

「いやー、ちょっとねー」

とその中の客のひとりが言います。

「座がしらに逢うことは出来んかねえ」

とまた言います。

「何か、用かい?」

下足番がききますと
「これを」

と、その客は紙を一まい出しました。何か書いてあるらしい。

「なんだい?」

と下足番は客が早く帰らないので不機嫌です。

「こりゃーネ、勝頼さまのお母アさんの、産みのお母アさんの墓に書いてあるんだけど」

と言います。

「それを、どうするんだい?」

と下足番がききます。

「座がしらに渡して貰いたいのだけんど」

とその客は言います。下足番はめんどう臭いので

「楽屋へ行ってみろよ」

と言いました。客たちは、ぞろぞろと小屋の舞台に上って行きます。芝居小屋は舞台の裏が楽屋だと思っているからです。

ここで座がしらは思いがけなく勝頼の生母——第一幕に出てくる梅姫さまの墓所を知ります。紙に書いてあるのは墓石に刻んである「法名建福寺殿梅厳妙光弘治乙卯十一月六日逝去す」です。墓所は信州伊那郡高遠建福寺とあります。この客の中のひとりが
「その寺のすぐそばの者で」

と言っています。信玄公の芝居をするので勝頼さまの生母——

「梅姫さまが出ている芝居をしているそうだから」

と、わざわざ、この芝居を見に来たのだそうであります。用件と言っても別にありません。ただ、そういう寺があって、そこに墓があるということを知らせに来たのだそうであります。おそらく、座がしらは、また、この梅姫さまの芝居を一幕作ることでしょう。

「御苦労さまでございます」

と一枚のその紙をおしいただくようにして受け取りました。六人の客は、それで、帰るのだそうであります。せっかく芝居を見に来たのですがマル札だし、梅姫さまの幕はもう演ってしまったあとなのですから、法名だけを知らせれば芝居は見なくても帰ってしまいます。

「今夜の夜汽車で帰る」

のだそうです。汽車で一時間もかかるところから出て来たのだそうです。

次の晩は信玄公の終りの幕であります。客の入りはやっと満員ということになりました。勿論、前の晩のマル札の客も来ております。

さて、大詰めの、「天目山の花吹雪」の幕があきました。妙なことに第一幕と同じ舞台背景になっております。ただ、上手の家の上に「天目山」と赤い文字の額のようなものが掲げてあり、松の木のうしろの塀の上から満開の桜の木が豪華に咲いています。

幕が開くと法螺貝、陣太鼓、鉦の音が鳴りますが、なんとなく悲しく響いています。下手から頬から血が流れている傷ついた勝頼がひとり、五、六人の女たちに囲まれて出てまいります。女たちは皆、白の鉢巻にたすきをかけて、薙刀をかかえています。

勝頼はそばの石に腰かけて女たちに言います。

「勝敗は、いかに時のさだめとは言え、戦えば負けるこの不肖の勝頼に、そちたちは女ながらもよくぞ、ここまで従いてきてくれた。勝頼厚く礼を申すぞ。それにひきかえ、信玄公の御在世の折は、平つくばってばかりいた家来どもは、信玄公に平つくばってばかりいた織田、徳川どもが攻めよせたら、あわてふためいてそっちへ寝返ってしまったわい」

そう言っているところへ花道から銀鎧姿の若い武士が女を抱えるようにして現われてきました。女の胸には矢が刺さっています。

「あれ、あれ、御台さまが」

「みだいさまが」

と勝頼のまわりにいた女たちが傷ついた勝頼夫人にとりすがります。勝頼も夫人のそばに寄って行きます。

「もはや、これまでじゃ」

と勝頼は言って、若武者をふり返ります。

「おお、高守か、待っていたぞ」

諏訪家の重臣高遠の一子、高守は、はっと下って平伏します。

「勝頼さま」

とふたりは手をとりあって涙をながします。

「みだいさま、みだいさま」

と女たちが騒ぎますので勝頼がふり返ると夫人は喉に刀を当てて死んでおります。

「されば、我も」

と勝頼は言って高守に
「介錯を」

と言います。

「はっ」

と高守は答えて勝頼のうしろに刀を振り上げてすっくと立ちます。そうして、勝頼はこの高守の介錯で死にます。勝頼が死にますと女たちはみな喉をついて死にます。あとに、高守は唯ひとりで立っています。ドロドロと妖しい太鼓が鳴って塀の上の桜の木が妖しくゆれて花吹雪となります。ドロドロ太鼓に合わせて若武者の姿はヒキぬきで白狐の姿となります。白狐は松の木の下に行きます。

「うらみ重なる武田の最後」

と白狐は勝頼を介錯した刀を口にくわえます。ドロドロと太鼓が鳴って松の木の下から白狐は次第に宙吊りになります。

白狐は塀の上に立って勝頼たちの死骸に見得を切って幕になります。

小屋芝居では客の入る前に小屋の屋根の上で太鼓をたたきます。「今夜は小屋に芝居がある」と言うことを知らせるためです。「テテンツクテンテン、テテンツクテンテン」と叩くのですが、夕方のこの音は「質《シチ》ョおいて飛んで来い、質ョおいて飛んで来い」と聞えます。「質屋に行って品物をおいて入場料を支度して来なさい」という太鼓の音に聞えるそうです。叩くほうでそう思いながら叩くと、聞くほうにもそう響くのかもしれません。

芝居が終ると同時に屋根の上でまた太鼓がたたかれます。「デデン、デン、デン、デン」と叩くのですがこれが「出てけ、出てけ、出てけ」という音に聞えるそうであります。この「出てけ」の太鼓の音が遠くまで響いて、「いま芝居がハネたナ」と、お客の家では芝居を見に行っている者が帰って来るのを知るのであります。

勝頼の芝居が終って「出てけ、出てけ」の太鼓の音にせかされながら、客たちは因果のおそろしさを知らされて、なんとなく「悪いことはするものではない」というような気持になって家に急ぎます。

〔1970（昭和45）年「文藝」1、2、8月号 初出〕

小さなロマンス

そのとき、私の手は小さく顫《ふる》えていた。白い座ぶとんのカバーの上に落ちた小さな黒いシミはすぐに拡がって、それが、赤い血だと気がついたから私は動揺したのだ。それが、この小さな彼女の性器から零れ落ちたのだと気がついたからである。女人の生理は二十八日ごとにくりかえされるのだが、この半メートルにも足りない彼女の生理は一カ年に二回しかない。たいがい、春と秋に現われる。私は、いま、この白い座ぶとんのカバーに落ちた血痕を拭きとるよりさきに彼女の性器を拭いてやらなければならない。その、拭いている私の手がふるえているのは、この女性の現象が、春や秋ではなく、厳寒の冬なのだからだろう。いま、夜も更けたコタツのそばに蹲《うずくま》っていた彼女が、ちょっと、立ち上ると糸がしたたり落ちたのである。冬の夜のおそく、この現象に私は男性なのだから慣れないからだろう、手がふるえてしまったのだ。彼女はボクサー犬と呼ばれる栗色の毛と白い胸の毛が特徴である。彼女は首すじの栗色の毛の中にローマ字の「L」の形に白い毛が生えるので私は彼女を「エル」と呼んでいる。

手拭で彼女のその部分を押えていると出血はすぐに止った。座ぶとんの白いカバーもはずしてその場の処理は終った。それから、コタツのふとんをまくって、中へ入るようにしむけたが彼女はあたたかいコタツの中には入らない。彼女のその部分は大きく腫れあがっていて血の匂が生々しい。彼女のその部分は炎症でも起しているようである。彼女が落ちつかないでいるのは、おそらく、その部分に異状な感覚がしているのだろう。そう気がつくと、二、三日まえから彼女のその部分は腫れあがったように大きくなっていた。

突然、彼女はコタツの横で大きく飛び上った。それは、運動でもしている状態ではない。あたりを見まわしている眼は苦しそうである。苦しいから跳ね上ったのにちがいない、どうしたらいいだろう、私は彼女の首すじを抱くように押えた。そうすると、彼女はじーっと動かないでいる。が、少したつと彼女は背のびするように身体をのばした。彼女は潜り抜けるように私から離れて行った。そして、向うへ行って、また、大きく飛躍した。夜中なので跳ね上ると部屋に大きく響くのだ。寒いのにコタツの中に入らない。私は彼女のそばへ行って首すじを抱いた。私の額は彼女の額にハリついたようになっていた。私が寒くてたまらないからだ。そうすると彼女はじーっと動かないでいる。彼女の眼は苦しいのにちがいない、いつもの眼つきとちがっている。私は彼女の背なかを軽くなでた。それから私の頬を彼女の耳のうしろに押しつけた。彼女はじーっと動かないでいる。そうだ、ずっと以前、私はこのことを思いだした、そのとき、私は或るヌード劇場の楽屋にいたのだった。そのとき私はトイレに行った。トイレは楽屋以外にもあるが、出演者はたいがい楽屋のトイレに行くことになっていた。私も出演者のひとりだった。トイレは一つしかないから男性も女性もそれを使用することになっていた。私はそのとき、トイレのドアに手をかけて開けようとした。突然、さっ、と、横から細い、白い手が私の手を払った。その細い白い手はトイレのドアに手をかけると、パッとトイレの中へ飛び込んだ。バタンとドアが閉った。パッと、すぐにドアは開いて出て来たのは美しい踊り子である。彼女は若いし、踊りも天才的だし、身体も美しい。彼女はヌードではなくショウダンサーだ。彼女はトイレから飛び出すと私に声をかけないで出て行った。ひょっと彼女のうしろ姿を追うと彼女はもう舞台で踊っている。孔雀の羽をつけた彼女は孔雀の羽をつけたままトイレに入ったのだった。楽屋のトイレは舞台の「ソデ」と呼ばれる場所のすぐそばにあったのである。彼女の出て行ったトイレに入って私はまごついた。トイレの用事がすんでも水洗の水は流されていない。トイレの水の中は花びらのような薄い紙に血がにじんでいて、その血は水の中で拡がっているのである。彼女は出番の一瞬手前で、トイレの水を流すまもなく出て行ったのである。

エルはまた飛び上った。私は彼女を抱きかかえた。孔雀の踊り子の血はなんとなく私には悲しく、哀れに思えたのだった。エルの血もまた悲しく哀れに私には思えるのである。人は、そんなとき、それを隠してしまうがエルはその血を隠すことなど知らない。隠さないから悲しく、哀れなのかもしれない。いや、そうではなく、これは、悲しみとか、哀れとかではないかもしれない。これは、傷の痛みに似た苦痛なのかもしれない。あの孔雀の踊り子はそんな苦痛を隠して踊っていたのだろうか。

エルはまた跳ね上った。私は彼女の首すじを押えた。私の手は彼女の背なかを撫でた。夜が更けて痛いような寒さを感じたのはカーテンのかげが明るくなった頃である。私は彼女が跳ね上らないように抱いて押えていたのだ。コタツに入っていてもあけがたは寒くなった。彼女の首すじや背なかをなでたりして、私は自分の手が冷たいのをしのいでいたのだった。

〔1971（昭和46）年「文學界」1月号 初出〕

妖木犬山椒

その山あいの人たちに伝えられるその「昔の出来ごと」は「伝説」などというしかつめらしいものではなく、もっと稚拙な、簡単な、文字に書けば一行ずつぐらいな語りぐちだった。だから、その「昔の出来ごと」も村人たちによってはくいちがいもあったり、正反対なこともあった。長いあいだに各人が勝手な解釈を加えたのかもしれない。だが、その異様な出来ごとを村人たちは誰も異様とも不思議とも思わないのだ。その点だけは一致しているのだった。村人たちと言ってもその人たちが住んでいるのは山あいの広い範囲で、三十軒とか二十軒とか、ただ三軒しかないところもあった。その昔の出来ごとの場所なども村人たちによって、まちまちだった。歴史は何かの書きもの——文字に書いたものから残されるのだが、これは、その周辺の数多くの村の人たちに言葉だけで伝えられたのである。甲斐の国——山梨の甲府盆地はまわりが山脈で囲まれて擂鉢《すりばち》の底のような盆地だと言われるが、西の山——通称「西山」と言われるところは、その昔、弓削《ゆげ》の道鏡が晩年流された場所だと伝えられるし、また、孝謙天皇の流された場所だとも言われている。また、甲府市の西端の湯村温泉の裏山には「八の宮」と呼ばれる尊い宮が流されたとも伝えられる。つい最近まで、湯村温泉の土産物には「八の宮の筆」という毛筆が売られていた。おそらく、そこは文字を書く筆さえも珍しいほど辺鄙《へんぴ》な場所だったにちがいない。毛筆は珍しいものだっただろう。流されるというのは何かの罪を犯したために流罪になることだが、流されるのは「島流し」のように離れ島に——供などもひとりぐらい連れるだけで、流されるように送られて幽閉のような生活をすることだった。島ではなく、遠くの山間僻地《へきち》に送られて生活させられるのも、山の中だが「流される」と言われたそうである。身分の高い人たち、僧侶などでも高い位にあったものは死罪のような重い罪も流罪になったそうである。左遷という意味とは違って、或る意味では死罪に近く、「流される」ということは当人にとっても死ぬほどの苦しみを与えられたことになったらしい。

その村人たちに語られるのは甲府盆地の東の山脈、現在の「御坂峠《みさか》」――甲府盆地と富士五湖地方をつなぐ峠――の山間の人たちでその「昔の出来ごと」の場所ははっきりしない。だいたい、現在の村人たちの住んでいるあたりは、その昔から住んでいたと推察することが出来るだろう。村人たちの指さす「あの辺」というその場所は現在登山やキャンプで知られている「三ツ峠」に通ずる山道の村だと察することが出来るだろう。そこに、その昔、「さんの宮」――三の宮の意味らしい。もしそう仮定すれば、皇家の第三皇子の意かもしれない。――と呼ばれる尊い人が流されたと言われている。時代はいつの頃か不明で、村人たちは「昔」と言っている。

伝説というのは不思議な生命――時代を持っているようだ。「昔」というのは祖父の代の語りぐちが孫たちに承けつがれて三代まえは「昔」だし、甲斐の武田信玄誕生の伝説も三百年、四百年の時代を持っているが「昔」と呼ばれている。歴史では信玄の誕生には不明の点が多く、いろいろな記録から察すると一ヵ年のくいちがいがあって決定的な誕生の年――年齢――がはっきりしない。信玄の父、信虎が甲府市外の飯田河原で駿河から攻めてきた敵を破った日――甲府市外の北、古府中城で信玄が生れたので幼名を勝千代と名づけたことになっている。

一方、別に、現在の甲府のはずれ、川田町——当時、武田家は古府中に移るまで石和に住んでいた、その石和のすぐそばの川田村に信玄誕生の後産（えな）を埋めたとその周辺の古老たちは語り伝えている。そうすると飯田河原の戦いより一ヵ年早く生れたことになるのだが、これは、伝説が案外、真実を伝えているとも推察出来るようだ。信玄の誕生から四百年もすれば、人間の一代が二十五年と計算されると四百年は十六代で、この十六代の伝説は意外にも伝説としては短い時代だと受けとめられることも出来るようだ。

また伝説はときには太古の出来ごとも伝える場合もあるようだ。現在、国鉄中央線の大月駅から富士吉田の間にある地名「明日見」——「あすみ」は、富士山の出来た頃というからおそらく太古時代ではないだろうか、何千年か前、富士の山は一晩で出来上ったとその地方の或る場所では言い伝えられている。その夜、突然巨大な富士の山が出来たので人々は誰でも空を仰いで眺めたそうだ。おそらく夜の空でも、火山の噴出などで眺めることが出来ただろう。「あすみ」は、その地の人が——個人か、村人か不明だが、おそらく、その頃は、その土地にはひとりしか住んでいなかったかもしれない。——「あした、見よう」と言って外へ出て眺めなかったそうである。そうして、あしたの朝、外へ出て空をみたが富士の山は全然見えない。その土地と富士山のあいだにもう一つの山が出来てしまい、富士山はすぐそばだが、その土地からは見えないのだそうである。現在も、その土地では富士は他の山にかくれて見えないそうである。おそらく、巨大な富士の山が出来るには噴火と地震が何日も続いただろう。そのあたりの人たちは、恐怖や疲労で何日も眠れなかっただろう。巨大な山が出来ても外へ出て眺める気力もなかっただろう。これは伝説だから、真実かどうかもわからない。昔の人の作り話の言い伝えかもしれない。が富士山の誕生などという遠い昔の出来ごとだから、嘘の伝説ではあっても、かなりの昔から伝えられたと想像出来るようだ。

御坂峠辺に流された「三の宮」の伝説はそんな太古時代ではないが信玄時代よりずっと遠く、村人たちの伝える歌謡から万葉以後か、または以前だと推察できるだろう。万葉調の歌詞としては格調も低く、幼稚な作詩で、これは長いあいだの口伝えのために歌詞がくずれたとも考えられるが、「三の宮」とその主従は歌人として優れていなかったかもしれない。簡易な枕詞が使われているので人麿《ひとまろ》以前——長い万葉時代でも、その少し以前か以後ではないだろうか。

御坂峠は現在、舗装された自動車道路になっているが、四十年か、五十年以前までは馬は越せない急坂が多かった。舗装道路になるとき急坂は整理されたし、頂上はトンネルになった。が、この舗装道路も「三段がえし」とか「八段がえし」と、土地の人は呼んでいるほど道を曲らせて作っている。そうしなければ自動車は登ることが出来ないからだろう。おそらく「三の宮」の流された頃は急坂な山道で、道といっても幅は半メートルぐらいだっただろう。

その昔、御坂峠の山道を急ぐ都人昭護院正隆は日暮れ近くになって坂道の道端の荒家に声をかけた。

「のう、都から移られた三の宮さまの御在所はどのあたりでありましょうか？」

荒家の中では何の返事もなかった。正隆はかさねて尋ねた。

「この道を登って行けばよろしいでしょうか？」

荒家の中からは何の答もない。（この家の人は不在か？）と正隆は行きすぎようとした。その時

「あいよ」

と正隆の立っているうしろからだみ声がした。ふり返ってみると、そこに、うずくまるようにしていた老婆が立ち上った。そこの小さい木の下でかがみ込んで手水《ちょうず》（小便）をしていた様子だった。

「三の宮さまのご在所は、ここを上に登って行けばよろしいでしょうか？」

と正隆は、同じことをくりかえした。

「そうでごいす、えらいヒトのいるとこは、この先、むなつき八丁を越して、どんどん行けば、ようごいす」

と老婆は答えてくれた。三の宮はこの土地では「えらいヒト」と呼ばれているようだ。

「はて？」

と正隆は思った。ずっと下の村人に尋ねたのと同じ答なのだ。

「むなつき八丁はもう越してきたのですが」

とききかえした。

「この下もむなつき八丁でごいす。このさきもむなつき八丁でごいす」

と老婆の答えは、はっきりしていた。つづけて
「むなつき八丁は、坂をのぼると、坂の道が胸につくという急坂でごいす、そういう坂が八丁（約一キロ弱）つづいているのでごいすよ」

という老婆の答えに正隆は
「まだ、八丁も、急坂があるのですか」

と自問自答のようにつぶやいた。

「まだまだ、この先、小《ち》っくいむなつき八丁もあるし、長いむなつき八丁もあるし、そこを越して頂上に行って、そこから、また山道を下ったところでごいすよ、えらいヒトのいるところは」

と老婆は教えてくれた。

「あそこへ、えらいヒトが来てから、むなつき八丁の上のほうの坂をおん坂と言いやす。まあ、そろそろ日がくれるし、闇の山道じゃ、まあ、行けんでごいしょう、木かげが暗くて、山の中へ迷い込んでしまいやすよ」

と老婆は言うのだ。正隆の様子をみると急ぎの旅らしいが、ここまで来るのにかなり疲労しているらしい。

その眼は落ち窪んで、血走っている様子なのだ。

「今夜はダメでごいしょうねえ」

と老婆は言っている。そうして
「よかったら、ここへ泊って、あした早く出かけたらどうでごいす、夜があけたらすぐ立てばいいらに」

と言う老婆の様子では一夜の宿をしてくれる様子である。正隆はここまで来ればもう三の宮に逢えるのだからと、ふるえるほど心は逸《はや》るのだが、山の中に迷うことも気になった。

「軒下でもお借りできれば、おねがい申します」

と老婆の好意にしたがうことにした。夜のあけるのを待って立てという、老婆のことばが、はやる正隆の胸をおちつかせたのだった。

「そうしなせえよ」

と老婆は言って家の中に入った。正隆は入口に腰をかけた。ここに泊ることになったので疲れが出てきたのだろう。都からの長い旅も明日は目的地に着くことが出来るのだから、と、ほっと一息ついた感じになった。家の中は老婆のほかは誰もいないと思っていたが、いつのまにか、ひとりの女が裏のほうから出てきた。三十歳ぐらいだろうか。「バリバリ」と細い木の枝をひざの下に当て、二つに折っている。それから火打ち石で火をつけている様子である。正隆はさっきからこの家の入口に植えてある一本の木を眺めていた。さっき、訪れたとき老婆がかがみ込んで排尿をしていたところの木だった。木の高さは三尺ぐらいだろう。春とは言ってもこのあたりは山間の高い場所なので木々の枝はまだ若芽が出ていないが、この木は冬も葉を落さないらしい。よく見ればその一枚の葉は小さい細長い葉が集って一枚のように見えるのだった。木の幹は細いが、小さなコブのようなものがついている。葉は黒いほど濃いみどりで、その一つずつの葉は小さいむかでが二列に並んでいるように細い葉が並んでいる。さっき老婆はその木のかげにいたのだが葉かげでそこにいるのも気がつかなかったのだ。道と家のわずかなあいだが平地になっていて、その木だけが、ポツンと、立っているように生えている。その木が目立って見えるのだ。

「あれは、何の木ですか?」

と正隆は老婆に声をかけた。老婆は正隆のすぐうしろのむしろの上に坐っていた。

「さんしょうの木でごいすよ」

と老婆は言った。そのうしろで薪を燃している女は何も言わない。正隆が、今夜ここに泊めてもらうのも知らない様子だし、そんなことも気にかけないらしい。正隆がいることは知っているらしいがこちらを見もしない。

「さんしょうの葉でしたか」

と正隆は言った。みやこのさんしょうの葉とは少しちがうように思えるのだ。

「おとこのさんしょうでごいすよ」

と老婆は言った。薪をもしている女は無口な性質らしいが、老婆のほうは話すことに慣れているらしく教えるように言うのだった。

「実のならないさんしょうでごいすよ、いぬざんしょうとも言いやすよ、犬のさんしょうと言うわけでごいしょう、畜生のさんしょうでごいすよ、あんな木は」

と老婆はつぶやくように言っている。教えてくれるような言いかただが、弁解でもしているような言いかたでもあった。役に立たない木が一本だけポツンと生えているのが老婆には気はずかしく思えているのかも知れない。

「あそこに、一本だけ、生えているのは?」

と正隆はきいた。

「ありゃ、二、三日まえに植えたのでごいす、あそこへ」

と老婆は言った。役に立たない木をわざわざ植えたというのも変なのだ。老婆はつづけて「あそこを、入口だから、草をとって掃いたけんど、俺家《おらんち》の目印に植えたのでごいす、あんな犬ざんしょうだけんど、葉ッパが濃いので並べて植えれば風よけになりやすよ、裏の石垣からひきぬいて、そこに植えやした」

と老婆は言った。おそらく、そのかげを、排尿でもするときに使うのだろう。その木のしたは、特別しめっているようだ。

「この辺にゃ、山のツゲも多いけんど、いぬざんしょうも多いでごいすよ、いぬざんしょうはツゲの木よりも葉ッパが濃いから」

と老婆は言っている。葉ッパが濃いというのは葉の密度が高いということだろう。正隆はそんなことより聞きたいことがあった。

「みやこからお越しになった尊いお方の様子は御存知かな？」

ときいた。

「ああ、なんでも、えらいヒトが来ているというけんど、わしゃ年をとっているから、とても、あんなところまで行けんから、知らんけんど、せがれは、行って見てきたそうだ」

と老婆は言っている。この家には息子があるらしい。

「その息子さんは？」

と正隆はきいた。

「ああ、ぼつぼつ帰《け》えってくるらよ、ずっと下《しも》のほうへ仕事に行ったけんど」

と老婆は言っている。

「山の、えらいヒトに用があったのでごいすけ？」

と老婆にきかれた。

「………」

正隆はなんと答えたらよいかと、すぐには言い出せなかった。正隆は三の宮の幼時の守り役――昭護院正清の子であった。この山間に流された三の宮の病気の平癒の祈願に来たのだった。宮は、或る病気のためにこの地へ置かれたのだった。

「あのえらいヒトの、身内ででも、ごいすけ?」

と、また老婆に聞かれた。

「………」

正隆はなんと答えたらよいものかと黙ったままだった。身内というのは親戚のことなのだ。ここで正隆は
「親の代からの臣下でございます」

と、やっと答えることができた。

「あれ、なにか、急ぎの用でもあるのかと思っていやしたよ」

と老婆は正隆の血走ったような疲れた眼と息づかいも荒いほど急いで山道を来た様子を察したのだった。

気がつくと、裏から男が入ってきていた。黙っていろりのそばに坐って背をこっちへむけている。女がそのそばに並んで坐っている様子で、息子と嫁だと、すぐに察することが出来た。

「この人はなー、おん坂のえらいヒトを尋ねてきただとォ」

と老婆は息子に声をかけた。

「………」

息子も嫁も無口らしく黙っている。正隆がいるのは知っているが、こちらは見むきもしない。

「今宵、軒下でもと、お世話になります」

と正隆は息子のほうに挨拶のように言って頭を下げたが、やはり息子はこっちを見むきもしない。山の中に住んでいる猟師か木樵のような職業だろう。挨拶の言葉なども知らないのかもしれない。おそらく、近くの者以外の人とは言葉をかわしたこともないことだろう。

嫁が

「ふーん」

と言って老婆のほうに土釜《どがま》を差しだした。土色のねり玉のようなものが中に入っている。

「この辺は、そばしか収《と》れんでごいすよ」

と老婆は言って正隆の前に置いた。そばがきだった。

「さあ、おあがりになって」

と老婆に言われて正隆は合掌した。一夜の宿をしてもらうのだが、お礼のようなこともしなかった。都から、ずーっと、そうした旅をつづけてきたのだった。

「お前《ま》ん、おん坂のえらいヒトの様子を知ってるら？」

と老婆は息子にきいた。

「ああ、なんでも………」

と息子は何か言っているが正隆には意味が判らない。言葉が全然わからないのだ。

「なんと言ってるでしょうか？」

正隆は老婆にきいた。

「ずっと前、見てきたそうでごいすよ」

と老婆は言って息子と何か話している。そうして正隆のほうをむいて
「若い、きれえな顔をした人だそうでごいす、女のように色の白い人だそうでごいす」

そこで息子が何か言った。

「手なんかも白い手だそうでごいす」

と老婆は教えてくれた。正隆はやっと一息ついたような思いになった。わずらいの様子は村人たちは気がつかないらしい。

その夜、正隆はこの家の入口のせまい一間にむしろの上で眠った。春でもまだ寒く、老婆にすすめられてむしろの上に横になって、むしろをかけて眠った。安心したせいかすぐに何もかも忘れて深い眠りについた。

ふと、正隆は眼を開いた。まだ外はまっ暗である。

「ひいひい」

と女のむせび泣く声が聞えるのだ。すぐ隣りの部屋には老婆と息子夫婦が寝ているはずである。その泣き声はその家の奥の棟木の辺から聞えるようだ。あまりの不思議さと怪しさに正隆の血走った眼はかっと開いた。

「わーっ、わーっ」

と女の声は静かな夜なかに悲鳴のようにも響くのだった。正隆は身体がふるえていた。老婆

たちを起こそうとしたが、気がつかないらしい。静かに寝入っている様子なのだ。正隆はふるえる身体を押さえていた。山なのでけものの鳴き声かもしれないのだ。老婆たちを騒がせるのも迷惑をかけることになるのが心苦しかった。怪しい泣き声はいつまでもつづいていた。危害を加える様子もないのだ。妙なことに正隆は怪しさにふるえながら、また眠りについてしまったのだ。疲れていたためかもしれない。

夜があけて、隣りの部屋で老婆たちは起きたらしい。その音で正隆も眼をさましたのだが、外はすっかり明るくなっていた。夜のあけるのをまって立とうと思っていたが、寝すごしてしまったのだった。

正隆はすぐ起き上った。敷いたむしろと、かけたむしろをたたんで、老婆と息子夫婦に挨拶をしてその家を出た。道ははしごをのぼるような急坂だが、陽は明るく、一筋道なので正隆の足は急いだ。昨夜の出来ごと――怪しい女の泣き声は悪夢だったかも知れない。老婆たちにはそのことは話さないで去ってきたのだった。朝になってからの老婆たちの様子はあの出来ごとは何も知っていない様子だった。道を急ぎながら、正隆はずっと前の夢の中の出来ごとのように思っていた。それほど老婆たちは何事もないような様子だった。

むなつき八丁は何度もあった。長いむなつき八丁もあったし、距離はわずかだが胸がつかえて這うように登るむなつき八丁もあった。もうすぐだろうと思っていたがけわしい道はいつまでもつづいていた。道が下り坂になった。そのうち頂上はすぎたらしい。ひるすぎだろう、陽のかげは少しうしろに廻って、道は左に折れる道もあって、老婆の教えてくれたとおり左へ曲って道を急いだ。「行けばすぐわかる」と教えてくれたが、なかなかそれらしいところはなかった。

突然、むこうから来るけもののようなものが目についた。こっちへ来ると、それはこの辺に住んでいる村人だと判断することが出来た。髪はバラバラにのびたままだし、顔はひげがのびて獣のたぐいではないかと思えたのだった。着ているものも汚れた布をまとったようなのだった。村人だと知ったので
「みやこからお越しになっているお方の御在所は？」

と、正隆は声をかけた。

「ふう、すぐそこでえ」

と、やっと、聞きとれるような発音だった。その声を聞いて相手は男ではなく女だと知った。みやこからきた正隆には男か女かも判断し難いのだった。

その道をかなり進んで行ったが、それらしいところはない。また、むこうからくる獣のような村人と出逢った。正隆はまたたずねた。

「ああ、すぐそこだァ」

とこんどは男の声で、はっきりききとることが出来た。

そこからかなり行ってやっと、めざすところを見つけた。あたりは、ぽつぽつと人の住家があるらしい地形になって、そこの左の細道に門のような入口があった。その門上には細いシメ

縄が飾られるように巻いてあった。これこそ、宮の御住居に相違ないのだ。正隆は、息づかいも荒くなるほど興奮して飛ぶように門をくぐった。

すこし行くと突然、むこうに「三の宮」らしいお姿が見えたのだった。お部屋は二部屋ぐらいしかなく、廊下に衣をつけたお方が坐しているのが見えるのだった。正隆は廊下の下の地にひざまずいた。

「みやこから参りました、昭護院正清の一子正隆でございます」

感動にふるえる正隆の声をきいて宮は

「おお」

とうなずいた。宮はすぐ、思いだしてくれたのだ。宮は正隆より十歳以上も年上だが、幼いとき、守り役の父につれられて、なんどか宮の前にひざまずいたことがあった。あるときは御所の庭で蹴まりのお相手をしたこともあった。

「ああ、正清どのの、御子息か」

と横で声がある。宮の坐している廊下の右側の土間にひざまずいて坐っている二人のうちのひとりが声を発したのだった。宮はここでふたりの供と住んでいた。都から連れてきたふたりだが、連れてきたというより従いて来たのだった。ひとりは老人で、ひとりは若者だった。老人と若者は顔つきが似ていた。親と子だった。老人の供のほうは正隆の父をよく知っているので、なつかしさで思わず声を発したのだった。若者のほうも、幼い頃、正隆とは顔を合わせたこともある筈だが互に成長しているので顔をあわせても思い出せない。宮も父親の正清はよく知っているが正隆は、その子というだけで顔までは覚えていない。正隆は供の人から声をかけられたのも気がつかないようだ。父のことや、みやこの様子をお話することも忘れていた。ただ、こんな山の中に住んでいられることが悲しかったのだった。正隆はなにも言うことが出来なくなったのだった。自分の言おうとすることが怖ろしくなったのだった。それは、こんな山の中に住んでいられることが恨めしくもなったのだった。宮に対してうらみごとを述べようとするからなのだ。

だが、そんなことは言えるものではない。正隆の顔は悲嘆の涙が流れているだけだった。宮の顔をみることも出来ないで、地に顔を押しつけていた。そうして

「ゆき交う人は猿とこそ見ゆ」

とふるえる泣き声で申しあげた。妙なことに、宮は御病気なのである。「御わずらいは御脳病にあれば」と父の正清が言っていた。その病気のために宮はここへ流されたのだから、流されたことに対して正隆は恨むような筈はないのだ。病気のためなのだが正隆は恨みごとをのべているのだった。こんな山の中に住んでいる者は猿のような者ばかりですと言ったのだ。その意味は侮辱に似たようなことでもあるし、また、恨みごとのようでもあるのだ。ひょっとしたら宮はお怒りになるかもしれないのだ。そんなことは正隆自身は気がつかないらしい。その時

「ぬば玉の、夜ならねども山里は」

と宮の声が聞えた。正隆の申しあげた歌の句に宮が上の句で答えられたのだ。夜ではないけれども山の中に住んでいる人たちは猿のように見えるのだ。

その歌詞の意味では宮はここに住んでいることを恨みとか、不満さえも感じてはいない様子なのだ。ここで正隆は宮の御病気の平癒の祈願に来たのだがそんな目的は忘れてしまったようだった。また、山の中に流された宮の心を慰めに来たのでもあったが、そんなことも忘れてしまったのだった。正隆の恨みごとは病気を恨むのではなく、宮に対して不満をのべているのだった。こんな山の中で、猿のような生活をしていて、不平不満もなく、平気でいられる宮の気持がうらめしくなったのだ。

「わーっ」

と声を立てて泣く正隆は、うらみと悲しみで号泣しているのだった。

「正清どのは、ごぶじか?」

宮の声がした。

「去年のくれに、世を去りました」

と正隆は父の死を告げた。宮は、しばしのあいだ考えていたようだったが

「ふふふふ」

と声を放った。見上げると衣で顔を覆っていて、涙をかくしている様子なのだ。横で老人の供はぼう然としているようだ。

正隆も涙をながしているが、この主従の涙の意はちがっているのだった。正隆はあたりを見廻した。ただ丸木を並べたような住居なのだ。「これが、御所か」と愕然とした。こんな住居で、寒さもすごしたのだろう。部屋は一間で廊下はあるが、それが居間で寝所のようだ。右側の土間のような一間があるが一段低いので供の部屋らしい。こんなところで十年以上も住んでいるのだ。正隆が宮の御所につれていかれたのは、七歳か、八歳ぐらいだったろう、そのときの御所とこの住居をくらべてまた悲しみが増してきたのだ。それよりも、もっと、お知らせしたいことがあるのだが、正隆はうらみごとが先になった。正隆の知っている宮の御所は他の宮の御所よりもすぐれていたのだった。御殿の立派さと庭の美しさは宮の父君よりもすぐれていた。父君はこの三の宮を宝物のように大切にしていたのだった。まだ幼い宮の御殿は宮のために父君が特別作らせたのだそうである。屋根の瓦は「三尺がわら」と言われるのが最高だが三の宮の御殿の屋根は一枚が六尺もあって、「六尺がわら」と言われたそうである。棟木は宝玉のような貴重な「紅葉の虎肌」と呼ばれる虎のしまのちぢみの銘木だし、廊下の手すりは紫檀の材だったそうである。紫檀、黒檀、白檀、鉄刀木《タガヤサン》と、世の銘木を集めて作らせた住居なのだった。正隆はこの荒家のような御在所に恨みごとを述べるのだった。それは、みやこの御所の出来上ったとき、さるすぐれた歌人が作ったお祝の歌をここで申し上げることだった。その歌は長い歌詞で——短歌に対する長歌だろう——正隆は父からいつも聞かされて暗誦しているのだ。その歌をここで述べようとするのは或いは遠廻しに皮肉を述べることにもなるのだ。歌のはじめの

「ひかげさす……」

と言っただけで正隆は声をあげて泣いた。次の歌詞が言えなくなったのだった。赤い棟木と青い六尺がわらの次の歌詞は涙で声が出て来ないのだった。うらみに似たあまりに、皮肉な考えかたに言うことが出来なくなったのかもしれない。そこまで言うことは出来なかったのかもしれない。

正隆の号泣はやんだ。

が、次に述べることもまた号泣につながることなのだ。

「四の宮さまが、御位に」

と正隆は言い放って顔を地に伏せた。三の宮は十人以上もある宮さまのなかで父君の寵愛が最も深かったばかりでなく、臣下たちの誰もが次の世の御位につくのには最もふさわしい風格をそなえていると思っていたのだが、その三の宮より年下の四の宮が御位を継いだのだった。これも宮のせいだと正隆は悲しんだのだ。父の正清が去年の暮れに亡くなったのも、そのことを悲しんで「寿命がちぢまった」とも正清を知る人たちは信じているほどなのだ。宮はそれをきいて
「ああ、ありが………」

と声を出された。正隆は愕然とした。そうして、はじめて顔を上げて宮のお顔を眺めたのだった。「有難や」というように聞えたのである。いや、聞きちがいではなく確かにそう言われた

のだった。宮はそのことに対して何の不満もない様子なのだ。「有難や」は祝福の辞の意味のようだ。あっけに取られた正隆は呆《ぼう》っとなった。

気がつくとうしろに人が来ていた。正隆のうしろに二人の親子の供が控えるように地面に膝をおいていたのだ。ふたりの供は猿のような村人たちと同じ肩かけをしているが腰から下は二つにわれている袴をはいているのだ。宮は供に手で何か指図した。ふたりの供は正隆の右左によって、肩をもちあげるように抱えてくれた。そこの木の切株に腰をおろさせて、若いほうの供がまもなく木桶に水を汲んできた。

「ゆるりととどまって、旅の疲れをおやすめに……」

と年とった供は挨拶のように言って、正隆の足を洗ってくれるのだった。正隆は宮の姿をみると興奮して前後のさかいもなくものを言ってしまったのだった。ひょっと目の前に、あの老婆の家の入口にあった犬ざんしょうの木が生えているのに気がついた。ここは、一本ではなく垣のように並べて植えてあるのだ。あの老婆の家の木よりも大きく、幹も太く、枝も前後に拡がって幅の広い垣根で宮の住居のまわりを囲んでいた。正隆は供に案内されて宮の住居のわき、垣根の外の木小屋に身体をおちつけることになった。若い供はむしろの寝床を運んできた。旅の疲れを休めるよう泊る用意も仕度してくれたのだ。

その夜、早めに眠りについた正隆は夜半にふと眼がさめた。旅の疲れと安心感が出たためだろう、日暮れ、むしろの上に横になるとすぐ我を忘れたように深い眠りにおちた。そうしてひとねむりしたのだろう、眼がさめた。だがまだ、うつらうつらとなかば眠っているのだった。部屋の中はまっ暗なのでまだ夜半だと知ったが、なにかに呼び起こされたような気がしたのだ。正隆は御所のほうに耳をかたむけていたが、カッと眼を開いて起き上った。御所のほうから怪しい女の悲鳴が聞えてくるのだ。起き上った正隆は丸木で作ってある戸をそーっと押した。外へ出て御所のほうへ近づいた。御所には宮の寝所——ひるま坐っていた部屋しかない筈で、隣りの小部屋には供のふたりが寝ている筈である。正隆は地を這うように犬ざんしょうの垣根の下にうずくまって宮の寝所を伺った。女の悲鳴はたしかに宮の寝所から聞えてくるのだ。暗い闇の中に女の悲鳴はときどき響き渡っているのだ。その悲鳴は首をしめられるようなもがき苦しむ様子だったり、嗚咽《おえつ》に似たすすり泣きの声にもなるのだった。ここで正隆は昨夜の老婆の家の異様な女の声も、宮の寝所から聞えて来る女の悲鳴の正体も摑むことが出来たのだった。宮の寝所には確かに女がいるのだ。あの老婆の家でも、老婆と、息子夫婦が寝ていたが、怪しい泣き声は息子の嫁の声なのだ。それは男女の交りの歓喜にむせび泣く声なのだと知ったのだ。まだ独り者の正隆は、なにかの折に言葉でしか知らされていなかったのだが、それと察することが出来たのは宮の御病《わずら》いのせいだった。正隆は性の歓喜にむせぶ声を悪性の獣の声と同じに思えるのだった。それは、宮のここに流されたもとでもあったからだった。宮は御脳病だとされて流罪になったのだが、その病いは女性に乱れる行状のためだった。誰でも性の欲望は劇しいものだ。それは、人の姿だとは正隆は知っているけれども、宮はそのために道ならぬ行状があったのだった。

「おんわずらいは、いまだ御平癒なさらず」

と、正隆は怪しい女の悲鳴に身をふるわせて、そこの垣根の枝を握りしめて地に坐っていた。女の泣き声はときどき、とぎれ、ときどき悲鳴のようにも響いた。

夜が白むころ、御所の戸が開いてふたりの供が出てきた。細い丸太で作った籠の中に女が乗っていて、供はその籠をかついで人家のほうへ行くのだ。正隆はそこの垣根に身を隠してふるえていた。猿と見まごうこの土地の女なのだ。

その日、夕ぐれまで正隆の姿は見えなかった。宮も供の者も気にとめなかった。供の者は、ひるまは、ほとんど薪を集めに行ったり、木の芽や実を取り歩いたりして外へ出ているし、宮はひるまは眠っているのだった。

日がくれて、正隆は自分の泊り小屋から出てきた。朝から食事もとらないで小屋に籠って考えつづけていたのだった。長いあいだ、父の正清の神仏に祈願していた宮の御脳病の平癒は効もなく、と一日じゅう、正隆は小屋の中で考えつづけていたのだった。悩みつづけていたのだった。

その夜は月あかりで明るかった。正隆は垣根の蔭にかくれて宮の寝所を伺っていた。夜どおし、ここに忍んで宮の様子を伺うつもりだった。昨夜の出来ごとは、もしや、「夢ではないか？」と思ったりもしたのだった。ここへ来る途中の老婆の家の出来ごとなどを考えても、あの部屋には息子夫婦と老婆が同じ部屋に寝ていた出来ごとなのだから信じられないのだ。宮のことも信じられない程のことなのだ。そうして、今夜、もう一度、宮の様子を探ろうとしているのだ。

月が高くあがった。宮の寝所の横の土間の戸が開いてふたりの供が出てきた。丸い細い棒で作った簡単な籠を担いでふたりの供が出てきた。籠は正隆のひそんでいる垣根の前を通って出て行った。

やがて、遠くで足音がした。ふたりの供が担いで行った籠が帰ってきた。正隆の血走った眼が異様に光った。籠は正隆の眼の前で止った。月あかりに籠の中には女の髪が見えた。ふたりの供は女の両腕を押えつけるようにして籠の中から女を出した。女は黙ったまま、ふたりの供に連れられて土間から宮の寝所のほうへ入って行った。月あかりだが女はこの土地の女で中年らしい。正隆の顔色が変った。正隆は怖ろしいものを見たのだ。女は、娘ではなく人の妻――この山里の、猿のような者だと知ったからだった。

その夜も女のうめき声は正隆の小屋まで響いてきた。その声の様子で、昨夜の女とはちがう女だと正隆は知った。

夜あけになって女は供の籠に連れられて帰って行った。正隆は夜どおし小屋の中から宮の寝所の様子を伺っていた。そうして、そっと、女の連れさられる籠を追った。

次の夜も、また、ちがう女の号泣が聞えた。翌日、いつのまにか正隆の姿は、小屋から消えていた。

何日かたった。正隆の姿は再び現われた。宮も、供も、正隆の姿の見えなかったことには気にとめない様子だった。正隆のことなどは宮や供の者の頭の中にはないぐらいな存在だったのだろう。

正隆は宮の前にうずくまった。地に伏して顔を上げないのは泣いているのだ。

かなり長いあいだ正隆は顔を伏せていた。宮はいつものように、ひるまは寝所の横の廊下か、寝所の部屋に坐して半ば眠っているようにうつろの眼でいるのだ。うとうとと眠っているらしい。正隆は顔をあげた。その顔は埃で汚れていて、髪もふり乱したようになっている。この山里は猿のような者たちだと歎いていた正隆自身は気がついていないが、正隆もいつのまにか猿のような風貌になっていた。

「みや……」

と正隆は声を出したようだった。宮のほうを見上げると、宮も気がついて正隆のほうに眼をやった。この何日かのあいだ、正隆は宮の行状を調べていたのだった。正隆は、うずくまったまま土に顔を伏せて声を放つように叫んだ。

「ちはやぶる、神のみ袖のつゆふれて」

正隆の叫び声のように放ったこの言葉は言ってはならないことを言ったからだった。そうして、その次の言葉を言おうとしたが、これを言ったので声が出なくなってしまったのだ。あまりにも、次に出てくる言葉が怖ろしいからなのだ。正隆の知ったのは、この地の娘、人妻は、ほとんど宮の寝所に夜、連れ込まれていたのだ。いや、そんなことより、この土地の女たちから生れた子供たちのなかには、宮の血をひいているものが生れていることだった。その血すじの者は数も多く、この土地では、「えらい人の、白い手を見ただけで妊《はら》んだ」とも言われているのだった。正隆は次の言葉が言えないので、もういちど、同じことを

「ちはやぶる神のみ袖のつゆふれて」

と叫んだ。次に正隆の耳に響いた声は

「木立のつゆはあられとぞふる」

という声だった。声ではなく音のようだった。宮の声なのだ。だが、これは正隆が言おうとしたことの次の言葉を宮が言い放ったのだった。歌謡のような響きをもっているけれども主と従の応答だから、正隆が上の句を言って、宮が下の句を言う筈がないのだった。この場合、正隆は次の句も言う筈なのに宮がつけてしまったのだった。宮のなさけにふれて、血をひく子孫が出来ていることを正隆は諫めるつもりだが、正隆には、ここへ来てからなにもかも恨みのようになっていたのだった。正隆のこの劇しい諫めの言葉も、「木立のつゆ」「あられ」という天候の現象にしか受けとられなかったのだった。いや、宮はそれを承知していて逃れてしまったのかもしれない。「そのあとを言うな」というつもりかもしれない。正隆は宮が自分の句の下の句をつけたことも、宮の心の中の苦しさを語っていることも頭のなかにはなかった。地に伏してはいるが正隆は宮に対する恨みごとのような諫めの言葉を放った。

「みやこがくれの木立とは知る」

宮はあたりの木々のことを「木立」と言ったのだが正隆は「こだち——子だち」の意味で言ったのだった。宮の木立の意味を宮の血をひく「子だち」と言い返したのだった。言い返すと言うより訂正したのだった。宮の声が響いた。

「しのぶ夜の、しのぶ軒端の木した闇」

と、こんどは宮が上の句をつけたのだった。これも「子だち」の意味を宮は「木立」に直してしまったのである。

正隆は号泣した。そうして
「つたかずら、ねかたは見えね玉くしげ」

と、泣き叫んだ。次の句を言おうとすると宮の声が
「みのわかれなる子だちとは知る」

と響いた。その声の響きは鈴の鳴るような平穏な歌謡を言っているようだった。その静かな答えは、宮はたしかに「木立」を「子だち」と直したのである。すべて、宮は正隆の諫めを聞き入れたのだった。

正隆の地に伏した号泣は長いあいだ続いた。宮は心を入れ代えたではないか、宮の御病気は、平癒したではないか、と正隆は思ったのかもしれない。

だが、その夜も、正隆が小屋から宮の寝所で伺ったのは、籠で女が連れられて来たこと、寝所から女のむせび泣きが聞えてきたこと、明けがた女は籠で送り去られたこと、すべていつも

と変らないのだった。

翌日、正隆は宮の前に暇乞いをした。都へ帰ることにきめたのだった。門まで送ったふたりの供の者には「都へ帰って、宮の御平癒を神仏に祈願する」と消えいるような声でつぶやいた。

正隆は帰り道についた。来るときの足速さはなく、呆然と山道を下って行った。その夢の中を歩いているような足どりも、ふと来るときに一夜をあかした家の前に来て気がついた。そこに、目印のようにある犬ざんしょうの木が目に止ったからだった。「犬ざんしょう」——「おとこざんしょう」——「実の成らぬ木」と正隆はつぶやいた。正隆の両手が延びてその犬ざんしょうを引き抜いた。無意識のように抜いたが「実の成らぬ木」という言葉にひきつけられるように手が伸びていたのだった。正隆の頭の中は宮の「子だち」ということで呆然としていたのだった。とっさに、実の成らぬ木を手にして、(この木を持ち帰って神仏に祈願しよう)と胸に浮ぶように思いついた。宮の子だちがこの山の中の猿のような者たちに生れないように祈願しようときめたのだった。

坂道を降りて行く正隆は、ふと道の端で声をかけられた。

「おー、そんな木を抱いて、どうするでえ」

と、声のするほうを見ると坂の横に腰をおろしている老人だった。これも、年を経た獣のような姿だが、顔だけは妙に人間らしい表情をしていた。正隆が足をとめると
「その木は、毒の実が成るぞ」

と、その老人は言った。

「はて、この木は実の成らぬ木、おとこざんしょう」

と正隆は思わず口走った。

「そりゃ実が成る木だァ、毒の実が、いぬざんしょうだ」

と老人は言う。

「犬ざんしょう、犬のさんしょうだが」

と正隆は落ちついた。

「犬のさんしょうじゃねえぞ、イヌだぞ、嫌われるイヌだ、葬式《おとぶれえ》のイヌだぞ」

と老人は言った。なんとなく笑いを含んでいるような言いかたをしているのは、正隆が「いぬ」という言葉を「犬」と間違えているので、この老人は心のどこかで「可笑しい」ような気がしているのかもしれない。

「いぬ……」

と正隆は口走った。それから
「忌ぬ……」

と気がついた。

「忌ぬざんしょう」

と道に立ち止って大声を出した正隆の横で

「いねざんしょうとも言うぞ」

と老人は言った。

「いねざんしょう……」

と正隆はつられるように口走った。

「稲の穂のような実が成るぞ」

と老人は言った。

「稲の穂の実……」

と正隆はあっけにとられた。

「毒の実だぞ、稲の、モミのような実が成るぞ」

と老人は低い声で言うが、正隆の耳には鐘を叩くように響いた。

「毒の実が……」

と、正隆は老人の声を鸚鵡返しのように口走った。

「そんな木を抱いて、どっかへ、植えるのかい？」

と老人は言う。正隆は引き抜いて手に持っていたつもりだが、大切そうに抱いていたのだ。

そこで正隆は走るように坂道を降って行った。その老人に声もかけないで飛びおりるように坂道を走りだした。正隆はなにかを思いつめたのである。途中、また正隆は道の横で
「おい、そんな木を持って、どこへ行くでえ？」

と、声をかけられた。すれちがった薪を背負った男がこっちをふりむいて立っていた。正隆もふり返って
「この木は、犬ざんしょうですか？　いねざんしょうですか？」

ときいた。声をかけられたので、この男に念のため聞いたのだった。

「いねざんしょうだ、そんな木を持ち歩いていると笑われるぞ、毒の実の成る木だ」

と言うのだ。

「この実は、いつ成りますか？」

と正隆は気がついたように聞いた。毒の実と聞いて正隆は、ここで、胸のなかが踊るように湧き返ったのだった。

「そうさなァ、いつか、竹藪に花が咲いたけんど、竹に花が咲くときァ、木の枯れるときだけんど、その木も、実が成るときァ、木の枯れるときだァ、六十年か、八十年か、いちどしか実は成らんぞ」

とその男は教えてくれた。くるっと、正隆はむき返って道を急ぎだした。「毒の実、毒の実、これこそ、亡き父が、宮の御病い平癒の祈願をかけた霊験が現われたのにちがいない、六十年、八十年、待っても」と、正隆は心の中で決意することがあったのだ。

都へ戻った正隆は抱えていた犬ざんしょうを持って父、昭護院正清の墓前に坐した。長い間、ひとりごとをつぶやいていたが我が家に帰った。家の横の庭に犬ざんしょうを植えると、家の

中に入った。父母もなく、留守を預る者もなく、去年、父の死後は正隆ひとりであった。というより、父の正清の死後は、数人の家臣も女たちも去って行ったのである。どうしたことか、申し合わせたように暇をとって去って行ったのである。

旅から帰った正隆は家の中にひき籠って何日かたった。雨戸をしめたまま家の中で食事もとらずに眠っていた。

その朝、あけがた近く

「しゅーっ、しゅーっ」

という音に正隆は目を開いた。家の外の横でその音がするようだった。眼を開いた正隆は家の外に出た。パッと正隆の眼が開いた。そこに、持ち帰って植えた犬ざんしょうは、三尺ばかりの木だったが屋根の棟の高さに変っていたのである。しゅーっ、しゅーっという音は、その犬ざんしょうの木の頂上から稲とそっくり同じ穂が稲の実をつけて、吹き出すように外側にむけて伸びているのだ。それは、木の頂きに傘をさしたように稲の穂が垂れ下っているのだ。

あっけにとられた正隆は、思わずあとずさりした。ひょっと、横を見ると、庭の銀杏の木の頂きにも傘をさしたように穂が吹き出ているのだった。反対の側をみるとそこの楓の木の頂きからも傘のような稲の穂が吹き出るのだった。「稲ざんしょうだ」と正隆はあとずさりをした。正隆の眼は異様に輝いた。あとずさりをすると、両側のどの木からも傘をさしたように稲の穂が吹き出ているのだ。このとき正隆は後ろむきで、三丁さがったと言われている。三里（十二キロ）あとずさりをしたとも言われている。そうして正隆はうしろ向きに崖に落ちて、気がついたと言われている。崖から這い上った正隆は、いま来た道を家に向って走った。その両側の木々は稲の穂の傘などはなくなっていた。さっきの稲の穂は夢の中の出来ごとか、と思いながら我が家に戻ると、正隆が持って来て庭に植えた犬ざんしょうだけは、さっきと同じように大きく伸びて頂きは傘をさしたように稲の穂を吹きだしている。血走った正隆の唇には妖しい笑が浮んでいた。猿のように木にのぼって稲の穂をひきぬいた。穂は稲藁の束のように抜けて正隆は地に降りた。むしろの上にのせてもみほぐすと穂からモミと同じような実がおちた。そのモミの割れめから黄色い粒が覗いているように入っているのだ。正隆は拝むように手でもんだ。モミは細長いが、黄色い実は丸い粒で、ふーっと吹くと美しい粒が残った。正隆は憑《つ》かれたように見つめていたが、黄色いさんしょうの実を家の中に運んで米とまぜて飯を炊いた。

正隆はその飯でにぎり飯を作った。

夕ぐれ近く、都の河原に正隆の姿は現われた。そこで、河原に住みついている数人の乞食ににぎり飯を投げるように与えた。すぐに乞食たちはそのにぎり飯を頬ばった。乞食たちの顔は歓喜に満ちた表情になって犬ざんしょうの実をむさぼるようにして食べている。正隆の姿はいつのまにかそこにはなかった。

翌朝早く、正隆は河原に行った。乞食たちは眠っているような表情で息絶えていた。犬ざんしょうは毒の実であることを見とどけたのだった。乞食たちの死骸を眺めても正隆は顔の色をいささかも変えなかった。ただ、この稲ざんしょうの実は猛毒ではなく、催眠の効力があって、乞食たちは安楽死したのではなく、あとで眠りからさめるのであるが、正隆は一途に毒の実であると思いつめていた。無表情の正隆の顔色はいつのまにか喜びの表情になっていた。家に馳け戻ると旅仕度になった。稲ざんしょうの実を袋につめると、再び、御坂の宮の許へ急ぐのだった。

何日かたって、正隆は御坂峠のむなつき八丁にさしかかった。途中、あの一夜をあかした犬ざんしょうの家の前を通ると

「はて?」

と首をかしげた。この家の前に目印のように植えてあった犬ざんしょうは正隆がこいで都へ持ち帰ったのだが、いま、そこに、前と同じように犬ざんしょうが生えているのだ。しかも、その木の下に、あの老婆がうずくまっているではないか。ここへ、はじめて来たときと同じように老婆は葉のかげで排尿をしているらしいのだ。老婆が立ち上るのを待って正隆の無表情な顔に唇だけがうごいた。

「ここに、犬ざんしょうが生えていた筈だが?」

正隆は背なかの包みを手で押えた。都から持ってきた稲ざんしょうの実の入っている袋は確かに背なかにくりつけてあるのだ。都の稲ざんしょうの実の成ったのは夢ではないのである。

老婆は正隆の顔を眺めた。以前に泊ったときとは別人のように顔は青ざめて、目はどんよりと濁っているようだし言葉づかいも妙にぶっきらぼうなのだ。

「ありゃ、誰か引っこぬいてしまってなァ、また、植えただよ」

と老婆は言う。

「どこから?」

と正隆の唇がうごいた。

「裏のがけのところに、いっぺえ生えていやァすよ」

と老婆が言った。正隆は、くるっと、前へ身体をむけた。黙って坂道を上へ去って行った。

正隆は御坂の宮の部落へついたが宮の許には姿を現わさなかった。

山の中で、米と稲ざんしょうの実の飯を炊いて握り飯を作った。

握り飯を持った正隆は村人たちに配り歩いた。それは、異様な出来ごとなので村の人たちは危ぶんだが、ひとりが食べると、争うようにして食べた。米と稲ざんしょうの実の味が美味だったからかもしれない。

最後に正隆は宮の許に行った。宮は相変らずひるは廊下に坐して居眠っていた。はじめ来たときと同じように正隆は廊下の下の庭にひざまずいた。ひょっと見ると、廊下の横に生えている大きい松の木の頂きに傘をさしたように稲の穂が垂れ下っていた。正隆はそれを見ても表情は少しも変らなかった。地に伏して、握り飯を差しだした。ふたりの供が出て来てそれを受けとった。供のふたりにも握り飯を差しだした。おそらく、都から、味のよい米でも持ってきたと思っただろう。怪しまないで、供は受けとって、一つを宮に差しだした。

その夜、正隆は横の小屋に泊った。最後に自分の食べる握り飯も用意しておいた。宮や供の遺体を片づけるために自分の分はあとで食べる用意だった。

その夜、宮の寝所からは物音ひとつ聞えなかった。ふたりの供はかごで女を連れに行かないし、すすり泣く女の声も聞えなかった。

朝、あけがた、正隆は宮の寝所を伺った。妖しいほど静かだった。安心したのか正隆は前夜は眠らなかったので、小屋に戻ると、ぐっすり寝てしまった。

正隆が目をさましたのは山あいの早い夕ぐれ近くだった。宮の寝所は静からしい。そっと起き上って小屋を抜けだした。探しものでもするように村の家を見廻った。だが村の家はいつもと変らない。死んだ筈の村人たちは変りなく動いているのだ、誰も死んだ様子もないらしい。

ここから正隆の異様な行動が起った。小さな刀をぬいて、村人たちを追い廻したのだった。とくに、女や子供たちを追いまわすのだが、逃げてしまった誰もいない家の中に入って、ところかまわず切りつけたり、子供たちを追い廻しても子供たちを狙わないで木に切りつけたりするのだ。その様子は手許が狂ったのではなく、ただ、刀をふりまわして暴れているのだった。

「きちがいだ、きちがいだ」

と村人たちは逃げながら遠くで眺めていた。暴れまわった正隆は、疲れた果に谷底にころげ落ちて行った。

村人たちはこの出来ごとを「えらいヒトの家臣が都から来て狂って死んだ」とか「来たとき

から普通ではなかった」「眼が血走っていた」「村の様子を尋ねまわったが、夜のことばかりだった」とか、と言い合った。

何年か、何十年か経った。宮や供もこの世から姿を消した。勿論、村人たちの代も代って、宮の住んでいた頃の様子を見、知った者たちもなくなっていた。村人たちは宮の様子を語り継ぐだけになった。

ただ、正隆が憂えていたような宮の行状は誰ひとり伝えていない。否、村人たちには神の姿として口伝えられている。「むかし、えらいヒトが、この山の中に流されてきた」、「その場所は、どの辺だか、はっきりしない」、「でかい、崖くずれがあって、その場所は、あとかたもない」、「大地がゆれて、池になった」、「龍になって、天に登った」とも伝えられている。

ただ、一ヵ所、大きい岩があって、そこに宮は神と祭られている場所がある。その岩は人の形もしていないが、「足」とか「腰」とか「手」とか、と言われる個所があって、頭はないが上部に「歯」という個所がある。それぞれ、足の病いの者は「足」の個所を拝み、腰の病いの者は「腰」の個所を拝めば病気が癒えると伝えられている。そうして、村人たちは「腰のいたみ」「足の痛み」「手の神経痛」などを病むと、「宮の岩」を拝むのだが、ほんとに村人たちのうちで、その口伝えを知っている者は誰にも話さない。それは、老人たちだけが秘密に伝える口伝えだけなのだ。その秘密は、宮は性の秘戯を村人たちに教え残したのだった。宮は性の技術の神だったそうである。都を追われたのもその行状に許されないものがあったのかもしれない。村の古老たちはその秘戯を伝えているそうである。そのひとつの例は、「宮の岩」の「歯」の個所は、歯痛とか、むし歯がなおるというだけではない。宮は口技にもすぐれていて、異性の肛門のまわりを歯で嚙む技術を村人に伝えたそうである。宮は性の秘戯の天才だったらしく、その技術は、おそらく宮の考案したものだろう。宮だけしか知らないものだろう。「宮の岩」の「手」「腰」「足」もどんな技法だか、その村の古老たちは年寄りだけしか伝えない。村の者でも若いうちには口を閉しているそうである。

犬ざんしょうは現代でも山間地に生えている実在の山椒の木の一種である。普通、七味唐がらしの香辛料として食用されるのは「朝倉さんしょう」の実で、葉も焼きざかなのツマに使われる。「犬ざんしょう」は普通は「おとこざんしょう」と呼ばれるらしい。ただ、御坂峠付近の甲州の山間地の人たちには「イヌざんしょう」とも「イネざんしょう」とも言われているが、そのどちらの発音か、はっきりしない。「正しい発音を?」と、尋ねても、その人たちでさえもはっきり区別が出来ないようだ。ただし、イヌざんしょうとか、イネざんしょうの言葉はいまは古老たちだけしか知らないようだ。昭護院正隆の実が成ったように見えたのは、あまりに生真面目で清潔すぎて、性を罪悪視したために狂人となってしまったので、その狂った眼に映じた幻影だったのだろう。犬ざんしょうは「男ざんしょう」だから実は成らないが、御坂峠付近の老人たちにはその葉は「デキモノの吸い出しになるくすり」と言われている。デキモノは腫瘍のことで、犬ざんしょうの葉をそこへはれば「膿を吸い出す」と言われている。デキモノのなかには表面は青くなるだけで皮膚の下が化膿する悪質なもの、「くちのないデキモノ」の膿も吸いだすとも言われている。ある老人には「くすりになるイヌざんしょうと、おとこざんしょうではちがう種類の木だ」とも言われているようだ。つまり、おとこざんしょうと、犬ざんしょうではちがうことになるのだ。

〔1975（昭和50）年「文藝」1月号 初出〕

村正の兄弟

神田鍛冶町の刀研ぎ「村正」は理由があって屋号を「むらしょう」と名乗っている。刀研ぎだから刀工の「村正」から「むらまさ」と読む筈だが、「村正」の看板の漢字は太く、くずして書いてあって、「むらしょう」と横にひらがなで、はっきり書いてある。これは、とくに「むらしょう」と読ませるためであった。徳川の公方さまも末かたになっても刀工「村正」の作った刀は忌み嫌われていた。初代家康が幼時、手にしていた刀で手を傷つけたのが村正の作った刀だった。また、家康が三河時代、初めの夫人築山殿が敵の甲州武田方と通じて織田信長、家康に反意を企てたことが発覚した事件があった。家康は信長へ自身の潔白をたてるために夫人と、同じ城にいた長男信康に死を与えた。そのとき信康の切腹した刀が、偶然だが村正の刀だったと家康に報告されている。それ以後、村正の刀は徳川家に「仇をする」と言われることになった。何か不吉な事が起るたびに村正の刀が引きあいに出されるようになった。真偽にはかかわりなく徳川家の不吉な事件には関連することにもなったらしい。公方さまがそうだから下々の者たちにも信じられるようになって、村正の刀は「妖刀だ」「祟る」「鞘を離れれば血を見なければ鞘におさまらない」と忌み嫌われるようになった。

刀研ぎ職「むらしょう」の屋号もそういう事情のために特に「むらまさ」とは名乗らない。が、屋号の意は村正の意味だった。刀研ぎの客は武士だからほとんどが公方さまに関係する客だった。

村正の刀は公方さまには不吉だが「村正」の家では守り刀のようなものだった。土蔵の奥の神だなの本尊は神様ではなく村正の刀だった。勿論、それは隠しごとのようにしてあって「村正」の家の者だけしか知っていない。奉公人や刀を研ぐ職人たちでさえも知らないことになっていて、なかには、長くいる職人でそのことに気がついていても、知らない様子をしていることになっていた。村正の刀は所持品として禁制されたものではなく、怖れ、嫌われただけのことだった。「村正」の家では神だなの本尊の刀ばかりでなくほかに十数振りも所蔵されていて、これは機会のあるたびに買い入れたのだった。

「村正」の家はいま二代目が跡をついで商売をやっているが、初代の「村正」の主人平兵衛は刀研ぎの技術に優れていて、客も多くかなり栄えた。この初代のときに、或る夜、強盗が押し入った。賊はふたりだとも三人だとも言われている。主人平兵衛の寝間に入ってきた賊はふたり、金を出せと、ひとりが言うのと、もうひとりが刀をふりかざして斬りつけたのが同時だったと言うが、これは眼をさました平兵衛の眼にそう感じられたのかもしれない。咄嗟に起き上った平兵衛は——立ち上るまなどなく、腰だけでふとんからうしろずさりに逃げだした。夢中のあいだに手がうしろに廻って掴んだものがあった。無意識のうちに手が振り動いた。気がつくと右と左にふたりの賊が血に染って倒れている。ふたりとも、かなりのあいだ唸り声をだしていたが間もなく同時に絶命した。次の部屋にもうひとりの賊がいたらしい、と、家人はそんな気配がしたそうだが、はっきりしない。そんな、僅かのあいだにすんだ出来ごとだったが、そのとき、平兵衛が無意識に振り廻したのが研ぎで預ってあった村正の刀だった。研ぎは手間のかかる仕事なので預った刀がたまっていて、そのころ、店も住居もせまかったので、主人の寝間のうしろにまで預っていた刀があったのだった。そのとき、平兵衛のふとんのうしろに床の間があって、そこに何本もの刀が置いてあった。不思議と言えばその床の間の刀掛けに村正の刀だけがかけてあったのだった。そこへあとずさりしながら、うしろ手に平兵衛の手が摑んだのだった。そんなわけで、村正の刀はこの家では主人の生命を救ったことになったのだった。妙と言えば、そのあと、いつになっても、その村正の研ぎを頼みに来た客が刀を引き取りに来ないことだった。刀を持ってきて研ぎを頼んで、そのまま取りに来ないのは、ひょっとしたら、押し入った強盗がその客だったのではないかという疑いもあった。注文主の客も、賊も浪人風ではあるし、顔も年恰好も似ているような気もするのだが、刀を引き取りに来ないのが何よりの証拠にもなるようだった。そうだとすると、品物を誂えに来て、店の様子を探って、押し入ったとも察せられるのだった。

「村正」の家は初代が死んで、いまは二代目になっている。二代目は次男だが、長男は故あって家を出たから次男の富平が二代目「村正」の家をついで、名も初代と同じ平兵衛を名乗った。「村正」は家を出た長男と、二代目の平兵衛になった次男の富平と、末弟の重吉の三人の子があったが、母親は離縁になって家を出ていた。離縁というのは世間ていだけで、実際の理由は店の職人と情を通じて駆け落ちしてしまったのだった。末弟の重吉が母親の顔も覚えていない頃のことだった。上のふたりの兄たちはその事情をよく知っていて、母親という言葉さえも口に出したことがなかった。初代は後妻も貰わなかったが、女中がいつもふたりはいたから家のなかに不自由はなかったようだった。

二代目「村正」の平兵衛は初代にくらべて研ぎの技も落ちるし、仕事も好きなほうではないので職人まかせなやりかただった。だから初代のときよりも客足はだんだん減っていった。これは、店の不勉強ということばかりではなく、公方さまの代も平和が何代もつづくと武士が持物の刀の手入れなどを怠るようになったこともあるし、武士の数も少なくなったようだった。

「村正」の家も、客は減るし、職人もふたりしかいない。ほかに、使いばしりの奉公人の小僧がひとりと女中ひとり、妻のチヨのほかに子供は三人。主人の平兵衛は仕事もしないので暮しむきは楽ではなかった。楽ではないというより生活は苦しくなっていた。ふたりの研ぎ職人のうち、ひとりは主人平兵衛の弟——末弟の重吉だった。重吉はもうひとりの職人留造と奉公人のように働いていた。去年、女房を貰って、同じ家だが別棟のような小屋に住んでいた。土間を改造した粗末な部屋で奉公人と同じような暮しだった。重吉の女房まきのは繕いもの——と言っても仕立直しのような手間だけの針仕事をやっていた。そうしなければ重吉だけの給金では夫婦ふたりの口がふさげるのがやっとだったからだった。だが、なんと言っても重吉には三年前の正月に当った富くじの三両があり兄の平兵衛より金を持っていた。兄弟とは言っても旦那と奉公人のような差があるのに、奉公人のほうが金持ちだということは、それだけ弟のほうが強味になっているように思えるときもあった。が、三両の富くじの当りの金のうち、二分はそのとき使って、二両二分だけだった。二分使ったのは富くじに当ったので所帯を持つ支度の家財道具——安物の箪笥、茶ダンス、長火鉢、勝手道具の一切を買い込んだのだった。ほかに富くじが当った祝いの散財などにも使ったのだった。

さて、残りの虎の子のように大切な二両二分は、そのまま、兄の平兵衛に預っておいてもらったが、降ってわいたようなうまい利用方法が現われた。近くの炭問屋の越後屋さんが自分から「村正」の家に来てくれたのだった。炭問屋の越後屋さんと言えば「村正」など比べものにならない大店なのだ。その越後屋さんと「村正」の平兵衛が話し合って、重吉もそこへ呼ばれた。

「いま、平兵衛さんにもおはなししましたが、わたしからこんなことを言うのもなんですけど、重吉さんがお金を持っていても遊ばせておくだけのことになるでしょうから、私がお借りしておけば、それそうおうの利息をお支払いすることになりますから」

と越後屋さんの旦那は言ってくれた。横にいる兄の平兵衛も

「わたりに舟ということはこのこと、なんと有難いことではないか、お金なんてものは持っていれば、いつのまにかへってしまうもの、持ちつけない金を持っていれば、かえってロクな考えをおこさないともかぎらない、なんと有難いことではないか」

と言ってくれた。まったく、そのとおりなので

「よろしくお願いいたします、有難いことでございます」

と重吉は畳にひたいをつけるように頭を下げてお礼をのべた。

「わたしのところも店は手広くやっているようでも金まわりがいそがしいのでございますよ、

こんどは、炭の仕入れがまとまって、七両あまりの金が入り用でして、丁度、こちらの重吉さんに富くじが当ったと聞いたので、まあ、お借りするようでもあり、お預りしたいようでもあり、入り用のときは、いつでもお返しいたしますから、いつでも、どうぞお声をかけて下さることにしてもらいましょう」

と、越後屋さんはさすがに大店の旦那さんだから余裕たっぷりな考えかたなのだ。

「そうそう、それから、利息のことが、いちばん大事だから、はっきりきめさせておいてもらいましょう、どうでしょう、ま、私のいちぞんですが、月に一朱の利息ではどうでしょう、そうすると一年では三割、とまではいきませんが、だいたいそれぐらいにはなると思いますけれど」

横で、茶を持ってきた平兵衛の妻、チヨが

「あれまァ、そんなに、そんなに頂いてよろしいんですか、まァ、申しわけないようなお勘定」

と、思わず口を出してしまった。兄嫁のチヨが言うまでもなく重吉は耳を疑ぐるほど、うまい話だった。すかさず、兄の平兵衛が

「なにもそんなにしていただかなくてもいいんですよ越後屋さん」

そう言って、少し笑い声になってつづけた。

「ボロいもうけが、こんな者に、かえって、身のために、ならないことには、はっはっは」

と笑い声になった。

「なに、こちらの重吉さんは真面目一ぽうな方、私のほうも、もうけで使うお金ですから、も

うけは重吉さんとわけあったら、気持のよいことでもございますよ」

と、越後屋さんもにこにこと笑顔になった。

「それじゃ、お言葉にあまえて、早く、お礼を申し上げなさい、それから、はやく奥の土蔵の神だなの下の引出しから、お金を持ってきなさいよ」

と兄の平兵衛は、「土蔵のかぎと、引出しのかぎを」と言いながら立ち上って、奥の間へ行った。そうして、かぎを持ってきた。

「重吉だけは、かぎを渡して、あけさせていますよ、兄弟ですからねえ」

と平兵衛は越後屋さんに言った。重吉はかぎを受け取って奥の間に行った。そうして、奥の間から出てきた。小さい風呂敷の包みを解くと、中から財布が出てきた。

「それじゃ、どうぞ、お願いします」

そう言って重吉は財布ごと越後屋さんに差しだした。越後屋さんは財布をあけながら
「ははは、金を借りるのだからこちらがお願いしますと言わなければならないですよ、重吉さん」

そう言いながら財布の中の金を掌の上で数えて
「たしかに、ございますよ、二両二分ですからね」

と念を押すように言った。

「硯と、紙を、おかし下さらないですか、証文を書かなければ」

と、チヨのほうを向いて言った。チヨは硯と紙を差しだしながら

「ほんとに、運がいいですねえ重吉さんは、うちで刀を研いでもらって、月に二朱しかあげられないですよ、それに、こんど、一朱、ふえたですからねえ、その一朱は遊んでいてはいってくるお金ですからねえ」

そう言うと、越後屋さんが

「あれまァ、月に二朱の給料ですか、ちょいと、安すぎはしませんか」

と平兵衛に向って言った。

「とても、とても、このごろは研ぎの仕事がなくなって、二朱も出しているのですから、こっちがやり切れないですよ、もうひとりの職人の留造も月に二朱ですよ、兄弟と言っても、甘い考えはおこさないようにしております」

平兵衛はそう言って越後屋さんのほうへ手を出した。越後屋さんから証文を受け取ろうとしたのだった。

「ああ、これは、重吉さんに預けておかなければ」

そう言って証文を重吉のほうに差しのべた。平兵衛は、それを横から手を出して取った。さっと目を通して

「はい、たしかに、お堅いことでございます、証文というよりも、越後屋さんのお話を、こうして伺えば、私たちが何よりの証文でございます、ま、私が預っておきましょう」

そう言って平兵衛は証文を横へ置いた。

「それじゃ、どうぞ、よろしくおねがいします、こうして、むらしょうさんと、特別、親しくなったような気がしてきましたよ」
そう言って越後屋さんは立ち上った。重吉はあわてて、土間の越後屋さんの下駄を揃えて
「有難うございました、よろしくおねがいします」
そう言って土間に坐って、越後屋さんに頭を下げた。平兵衛も、チヨも、土間へおりた。越後屋さんが外へ出たそのあとから平兵衛とチヨ、重吉もつづいて出た。家のそとまで見送ったのだった。そこで越後屋さんは
「はて？」
と立ち止った。上を見上げて、「これは、桐の木ですな」そう言って、うしろをふりむいて平兵衛に
「こりゃァ桐の木、ここは、むらしょうさんの屋敷うちですか」
ときいた。
「さようでございます、この桐の木から一間半ばかりでよそさまの地所になります、その桐の木のところの格子戸が、重吉夫婦の住居になっております」
と平兵衛が言うと
「こりゃァ、いけませんよ、こんなところに桐の木があるのは、切って、おしまいなさいよ」
と越後屋さんは言って、つづけた。

「桐の木は、ヒトの唸り声を聞きたがると言いますよ」

そう言う越後屋さんの顔色は真剣だった。

「屋敷のうちへ植えてあると、いけないのですよ、隣りの地所との境とか、畑の中とか、持ち地所でも、山林とか、ならいいんですけれど、庭とか、屋敷のうちではいけませんよ」

そう言うと、平兵衛の横でチヨが
「唸り声、というと、なんでございますか？」

と聞いた。

「それが、たいへんなことなんですよ、家の者が、たえず病気で苦しむ、苦しい唸り声をあげるとか、そういう病気にかかることが絶えないとか、家の中で争いごとが、つまり、大声で怒鳴りあったりする、そういうゴタゴタが絶えないとか、桐の木は、そういう唸り声を聞きたがるそうですよ」

と越後屋さんは教えてくれた。チヨが
「まァ、嫌なことですねえ、そう言えば、この桐の木の根が、通りみちまでのびてきて、ときどき、つまずくことなどもありますよ」

と相づちをうつように言った。

「はやく切っておしまいなさいよ」

そう言って越後屋さんは帰った。平兵衛は桐の木を見上げていたが、思わず膝を叩いた。

「そうか、唸り声を好きなのかい桐の木は、チヨ、思いだしたけど、先代のときに押し入った強盗のふたりとも、村正さまの刀で切られて大声をあげて唸っていたというけど、大きい声の唸り声だったそうだ、不思議なほど、大声で唸って死んだそうだ、この桐の木も、村正さまの刀のように、よそでは嫌われても、このむらしょうの家には、唸り声も、まァそんな、心配することもないではないか」

と平兵衛はそこにいるチヨや重吉に言うように、またひとり合点のようにつぶやいた。

越後屋さんの帰ったあと、研ぎ場でうまい話に呆ーっとなって研ぎも手につかないでいる重吉の肩を、職人の留造が「ポン」と叩いた。

「いやァ、越後屋の旦那はさすがにタイしたものだ、重さんも、運がむいたようなものだが、気をつけなければいけないよ、コレが、なかなかの曲者だからさ」

と手の親ユビを立てて見せた。親ユビは、この場合、平兵衛のことなのだ。

「この仕事場から仕事をしながら様子を見ていたが、あの、越後屋さんの証文は、コレが仕舞い込んでしまったよ、重さん、あれは、あんたが持っていなければならない筈じゃないかい」

と言う。そう言われれば、それにちがいないのだ。

「もらいなさいよ、あんたのものだから」

と留造は重ねて言っている。教えてくれるようでもあるし、心配しているようでもあった。

そこへ、女房のまきのが帰ってきた。近くの家へ針仕事に行っていたのだった。反物を持ってきて仕立の注文をしてくれるような本職の裁縫の技術はないから、こちらから出かけて、つくろい仕事、せんたくなどもする日傭いかせぎのような働きしか出来ないのだった。まきのは重吉のほうにちょっと目をやって、桐の木の横の格子戸の中に入った。「只今」などと旦那の重吉に挨拶などする作法もいらなかったし、留造に挨拶するほどの習慣もなかったが、重吉のほうは、今日は、ちがっていた。

「まきの、まきの」

と格子戸の外で声をかけた。

「あいよ」

と顔を出すまきのに
「こんど、毎月、まいつき、一朱の利息が舞い込んで来ることになったぞォ」

「あれまァ、なんで?」

「二両二分の金を、越後屋さんに使ってもらって、まいつき、一朱の利息をくれるそうだ、二両二分は、いつになっても減りはしない、まいつき、まいつき一朱だけが貰えるのだ」

「あれまァ、そりゃ、ほんとかい」

とまきのも驚いているだけだった。

「それにつけても、兄さんが証文を持っているけど、それを、貰わなければ」

と重吉は言った。まきのは、なんのことだかよくわからないらしい。「あとで、いいだろう、あしたでも」と重吉は急ぐ必要もないと思った。くれと言えばいつでもくれるだろう、自分のものだからと思っていた。

それから、すこしたった。パタパタと急ぎ足の音がして仕事場の戸に、どーんと、荒くぶっつかる音がした。どたんと荒く仕事場の格子に肩をぶっつけて、入ってきたのは使い走りの竜太である。ひるま、研ぎ上った刀を届けに行って帰ってきたのだが、荒々しい様子も妙だが、ふうふうと、迷い込んだような帰りかただった。重吉と、留造は、あっけにとられたように竜太を眺めると、様子が変なのだ。仕事場に坐り込んで、奥の部屋のほうを、きょろきょろと、眺めている。よく見ると竜太の身体は、ぶるぶるとふるえている。

「どうしたい、リュー太」

と留造が声をかけた。留造はひとり者だが重吉より年が上だし、こんなときは、やはりぴーんと感ずるものがあるのだ。竜太は両手をもちあげるようにあげて
「ダンナは、いるかねえ」

と、言う声がふるえている。

「ああいるよ、奥にいるよ」

と留造はなんの気なしに言った。

「きょう、いましたか?」

と竜太は妙なことを言いだした。

「きょうは、一日じゅう、家にいたよ」

と重吉が言うと、途端に竜太の身体のふるえは大きくなった。「あわわわ」と、何か、わけのわからないような声を出しはじめた。何か言っているらしいが、声も、身体もふるえて言っているのだ。

「どうしたい、リュー太」

と留造は竜太を抱きかかえた。

「ダンナの幽霊が」

と竜太はやっと、声をはりあげた。

「バカなことを、ダンナは死んではいないよ、幽霊など出るものかい、しっかりしろよ」

と留造が言うと
「生き霊だ、生き霊だ、生き霊が出た」

と竜太は、わめいた。

「バカ、しっかりしろ、落ちつけよ、奥のダンナに聞えるぞ」

留造は病人の看病でもするように抱きかかえながらなだめた。

竜太の気持が落ちつくのをまって、留造、重吉、まきのたちにとりまかれて、なだめられるように聞かれて竜太は話しだした。

ひるま、研ぎ上げの刀を届けて帰る途中、品川の御殿山の坂道にちょっと家並があった。家並といっても「村正」あたりとはかなり様子がちがっていた。田舎道に四、五軒ずつところどころの家並があるだけだった。竜太はなにげなく、そのうちの一軒に、「刀研ぎ師」と書いた板看板が目についた。同じ商売なので、「ここも、研ぎ屋があるのか」と、立ち止った。ひょっと、家の中を眺めると、「村正」の主人――平兵衛が立っているではないか。

「あれ、ダンナさま」

竜太は思わず声をかけて、家の中に入り込んだ。その、相手の平兵衛は、そのとき、横向きに立っていたのだが竜太の声をきいてこっちを向いた。が、竜太の顔を見ても、平然としているのだ。あべこべに、竜太の顔を不審そうに眺めているだけなのだ。横顔をみて飛び込むように入っていった竜太は、こっちを向いた正面の顔も主人の平兵衛なのに、知らぬそぶりをしているので、びっくりした。というより思わずあとずさりをして主人の顔を眺めていたが、向うが、知らぬ顔をしているので、「あれ?」と言ってその家からとびだした。ふり返って、もういちど家の中を覗き込むと、向うでもこっちを眺めている。向うの顔つきは驚いているのではなく不思議そうにこっちを眺めているのだ。

「あッ」と、竜太は逃げだした。「幽霊だ、幽霊だ、ダンナの幽霊だ」と、身の毛がよだつように全身が寒くなって、ふるえながら、帰ってきたのだそうだ。

「その、ダンナの生き霊は、たしかに、ダンナさまだったのかい」

と留造が念を押した。

「うん、うん」

と竜太はうなずいている。

「そっくり似ているが、どこか、ちがっている様子はなかったかい？」

と留造はあやすように聞いた。

「う、ん」

と、竜太は顔をはげしく横にふった。

「そりゃ、他人の空似というものだ、この世間さまには、そっくり、そのままに似ている者が三人いるそうだ、誰でも、他人の空似というのがあるからなァ、アハハハハ」

と留造が笑い顔になった。

「なんだい、他人の空似だったのか、びっくりするじゃないか」

と重吉もほっとした。

「でも、おかしいじゃないかい、向うも刀研ぎだと言うじゃないかい、他人の空似にしては、仕事までも」

と、まきのが言った。そう言われれば、それも妙なことになるのだ。

三人とも、竜太をかこんで黙り込んでしまったが
「アハハハ、他人の空似だよ」

と留造は言った。そうきまって、やっと、みんな気が休まった。

次の月末、「重吉、重吉」と兄の平兵衛に呼ばれた。店の横が仕事場で、その奥の間が兄たちの部屋になっている。兄の平兵衛は店の奥のほうに坐っていて、そばでチヨが末娘のおあいを抱いている。重吉は仕事場から出て店先に腰かけた。

「越後屋さんから利息の一朱をとどけてくれたよ」

と兄の平兵衛は言った。さっき、誰か来ていたが越後屋さんからの使いの者だった。

「はいよ、一朱だよ、受け取りなさいよ」

と平兵衛が一朱の金を差しだした。重吉は店に上って畳の上に坐って受け取った。

「あの、受け取りを」

と重吉は言った。利息をもらったので、その領収証を書くつもりだった。

「なにいらないよ、私が書いておいて持たせたから」

と平兵衛は言った。受取証は兄が書いて、それですんでいた。そこで、重吉は越後屋さんからの二両二分の証文を貰おうと気がついた。ひょっと見ると、兄の平兵衛の膝の上にあるのがその証文らしい。重吉は、兄のそばへ寄っていって

「その証文は、私宛のものだから、私が持っていますけど」

と手を差し出した。

「………」

平兵衛は黙っている。黙って証文を眺めているが、返事はしない。重吉はその証文を覗き込

んだ。たしかに二両二分の借用証になっていて重吉の名宛になっているのだ。妙なことに兄の平兵衛は両手で、手の肘をひろげて証文を隠すようにするのだ。「持っていなさい」と言ってくれるわけでもなく、「私が預って置く」とも言わない。そのうち、兄の平兵衛は両手の肘で証文をかくすようにしていたが、頭をさげて、この頭のマゲも、証文を隠すようなそぶりになった。

「はてナ」と思ったが、このとき、重吉はしつこく、「私が持っている」と言いきれなかった。兄を、主人のように思っているので、そこまで言うことが出来なかったが、あとで考えれば、証文を渡さないということだった。これは強引に貰わなかった重吉の失敗でもあったのだが、そこまでは気がつかなかった。

この様子も仕事場で留造は気がついていた。

「おい、しっかりしろよ」と重吉は仕事場へ戻ると留造に声をかけられた。「なにかあるぞ、証文を渡さないのは」

留造は重吉を心配して言ってくれるのだ。

次の月末も、次の月末も越後屋さんからは利息の一朱が届けられた。平兵衛が受け取って、受取証を書いて、重吉は金を貰うだけだった。

そのことがあったのは何かの休み日で、重吉夫婦も留造も留守だった。

「あんた、あんた」

と、おかみさんのチヨは、帰って来ると店さきから奥のほうに声をかけた。平兵衛が奥から平兵衛の平兵衛に訴えるように言いだした。


「カドの彦さんのとこが売りものになったんだよ、家と、やしきを売りたいと言いだしたんだよ」

平兵衛もちょっと意外に思えた。カドの彦さんの家は、ここから十軒ぐらい離れているだけで、目と鼻のような場所なのだ。

「彦じいさんの家かい？」

と言うと
「そうだよ、婆さんとふたりで娘の嫁ぎさきの谷中のほうへ行くことにきまったんだって、それで、家とやしきを手離して、金にしておこうというらしいよ、いくらで売るつもりと思うかね、あんた」

とチヨは口ばやに、せきこむように言っている。

「カドのあの彦さんの家なら場所がいいよ、わたしゃ、あそこで、小間物屋でも、袋もの屋でもしたくなったんだけど、どうだろう」

とチヨはもう買いとったつもりのような口ぶりだった。

「いくらだと思うの、こんな研ぎものなんか、手がかかって仕様のない商売じゃないか、あそこなら、私が、ここで店をやっているのと同じに出来るじゃないか、研ぎの仕事も、だんだん暇になってくるし、小間物や、袋ものなら、手がかからないよ、仕入れて、店に並べておくだけでいいじゃないかい、いくらで売ると思っているんだい、二両でいいんだよ、なんと買いものじゃないかい、二両だよ」

とチヨは言う。だが、平兵衛のところに二両なんて金がある筈はないのだ。が、途端に平兵衛はピーンと頭に響いた。

「そりゃ、うまい買いものだよ、越後屋さんに話して、重吉の金を、そっくり返してもらったらどうだろう」

と平兵衛が言うと、チヨがすかさず
「そうだよ、そこだよ」そう言って、「いいじゃないか、重さんには、うちのほうから利息の一朱をあげれば」とチヨはそこまできめている。

「そうすりゃいい、それじゃ、早いほうがいいから、わしは越後屋さんに話しに行って来よう」

と平兵衛は店先きから降りてぞうりをはいた。

「あたしも一緒に行くよ、越後屋さんに」

とチヨが言うのを
「なに、私だけでいいよ、この話は重吉にはないしょだから、お前も、黙っていていいよ、重吉には」

そう言って平兵衛は出掛けようとした。チヨをふり返って

「お前は、彦じいさんのほうへ行って話をつけてきたらどうだい、売るっていう堅い約束をしておいで」

平兵衛はそう言って、ふと、仕事場に竜太がいるのに気がついた。

「あれ、リュー太、そんなところにいたのかい」そう言って、きゅーっと口をひきしめて、険しい眼つきになった。「いまの話は、きいていたのかい、なんだい、人の話を盗みぎきみたいなことを、お前、この話は重吉に言うんじゃないよ、承知しないよ、言うんじゃないよ」

と怒りつけるように言った。

「へえ」と竜太は言って（言わないぞ）ときめた。言ったら大変なことになるのだと察した。

「つまらないことを喋るじゃないよ」

とおかみさんのチヨも叱りつけるように言った。

「へえ、承知しました」

と竜太は怖ろしくさえなった。

それから三年たった。夏の盆の終る日、暑い七月十六日の夕刻、川越へ親の墓参に行った留造が帰ってきた。留造は仕事場へ入ってくると崩れるように坐り込んだ。竜太がすぐそばにいるが声もかけない。留造は坐って身体がふるえているのだ。

「あれナー」と竜太は目を輝かせた。「留造さん」と声をかけたが返事をしない。

「あれナー、重吉さーん」

と重吉の住居のほうに声をかけた。重吉が格子戸から顔を出してこっちをみた。竜太は黙って手招きをした。重吉を呼んだのだ。重吉が仕事場に入ってきた。盆の休みは今日までで、あしたから仕事なのである。仕事場に留造が帰っているので
「留さん、お帰りかい」

と声をかけたが、留造は坐り込んでいる。

「どうかしたのかい？」

と重吉が声をかけると留造は店の奥のほうに指をさした。

「コレは」

と親ユビを立てた。

「兄さんはいるよ」

と何げなく重吉が言うと
「今日は、うちにいたのかい？」

と留造はきいた。

「ああ、うちにいたよ」

と重吉は当り前のことのように返事をした。すると、留造は、暴れだすように身体をふるわせて
「生き霊だ、生き霊だ、ダンナの生き霊だ」

と声をはりあげた。途端、竜太も
「ああ、ああ」

と思いだしたように声をはりあげた。いつかの品川の御殿山のダンナの生き霊を見たのを思いだしたのだった。

「御殿山へ行ったのか」

と重吉がきいた。いつのまにか、うしろに重吉の女房まきのも来ている。

「うん」

と留造は顔を横にふった。いつかの竜太と同じ様子で、こんどは留造に変っている。

留造の話によると、ダンナの生き霊をみたのは川越から帰る途中、中仙道はもうすぐ江戸に入るあたりの庚申塚あたりだそうだ。通る道に印判屋があって
「何げなくそっちに目をやると、そこの店先で印章を彫っているのは、ここのダンナの生き霊だ」

と言う。ここでも、留造は思わず
「あれ、ダンナ」

と声をかけて店の中に入ろうとした。

「…………」

店先の机の前で印章を彫っているダンナはこっちを向いたが、不審な顔つきでこっちを眺めている。

「まるで、ここのダンナがとぼけているようだった」

と留造は言った。そこで、生き霊だと知ったので背すじが寒くなって身体がふるえてきたのだそうだ。それでも「村正」の家に帰ってここのダンナの様子を知らなければ、と、気をはりつめて道をいそいで帰ってきたのだそうだ。

「はてな?」と重吉は考え込んだ。なんとも考えの及びようがないのだった。

それから二、三日たって
「留造が暇をとると言いだした」

と平兵衛は不機嫌な顔つきで店先で重吉に言った。兄嫁のチヨは目的どおり、カドの家を買いとって小間物と袋物の店をだして、朝の用事が終るとそっちへ行って商売をしている。思いのほか繁昌しているのは、この辺にはそういう店がないからだろう。昼めしには帰ってきて夕方までそっちへ行っている。小間物屋のほうが研ぎ職よりも「いい商売だ」と世間では言っているらしい。実のところ、そのとおりだが、「むらしょう」という研ぎの名にかけても、平兵衛も重吉もそんなことは言えない筈だった。留造が暇をとっても仕事がひまになったので案外、仕事に差しつかえはないかもしれないと平兵衛は思っているようだ。

だが、それから少したって、走り使いの奉公人——竜太が、「家へ帰る」と言いだした。これは、平兵衛もチヨも叱りつけて止めさせたが、親もとから竜太を連れ戻しに来たのだった。

理由は

「研ぎ職を覚えても、さきざき望みがうすいし、それに、一人前になるまでには、かなりな年月がかかるから」

と言うのだった。そうして竜太も暇をとって、「村正」では仕事をするのは重吉だけになった。

「村正」の店が落ち目になったのはチヨの開いた店が栄えるに反して、仕事が目に見えて減ってきたからだった。ほかの研ぎ屋も暇になったが「村正」ほどではないらしい。これは、主人の平兵衛もチヨも客扱いが粗末になったのでもあった。ほかで収入があると、なまじ手間のかかる研ぎ仕事など面倒になったのかもしれない。チヨの副業の商売で本業の研ぎ仕事などどうでもよかったかもしれない。

次に重吉が「暇をとる」と言いだしたのだった。これは、重吉よりも女房のまきのがまず言いだして、重吉もすぐにその気になったのだった。

「よそへ行くと言うけど、どこの研ぎに鞍替《くらがえ》すんだねえ」

とチヨははじめから嫌な言いかたをするのだ。これは無理のないことだろう。そっちに坐っている兄の平兵衛は、「よい」とも、「いけない」とも言わない。聞いているのかわからないようなそぶりだった。

「なんども言っているように、よその研ぎ場に行くのではないのですよ、研ぎの仕事は、これからますます暇になるので商売替えをしたいのです」

と重吉はくりかえした。はじめから、そう理由を言うのだが兄嫁のチヨは信じないのだ。

「そりゃ、越後屋さんから利息がはいるので、それを当てにしているんだろうねえ」

ともチヨは言う。実のところ、このごろは越後屋さんからの利息のほかは、「村正」の仕事では月々の手当の二朱どころか、全然くれない月もあるのだった。たまに、思いだしたように
「はい、給金だよ」

と平兵衛は二朱くれたりする程度になっていた。だから、まきのが商売替えを言いだしたのも無理のないことだった。

「さかな屋をやるんだってねえ、八百屋じゃなかったのかい」

と兄嫁のチヨは皮肉な言いかたもした。なにか商売をするのもまだきめていないし、越して行く先の家もまだきまっていない。とにかく兄の平兵衛に暇をとることを納得してもらってからなのだった。

重吉夫婦の越して行く先が見つかったのはまもなくだった。鍛冶町からは東へ半道、松枝町の借家だが、火事で焼け残った家だった。屋根は火事で焼けたが土台はそっくりしているし、柱などもそのまま使えるのだった。火事で焼け残ったというより類焼で半焼けになった家なのだ。土台と、柱だけは使えても
「屋根や、カベは借り手の私が作ることになって、まず、まきのとふたりで身体だけ移って、造作をすることになりました」

と重吉は兄の平兵衛とチヨの前に坐って挨拶をした。

「それで、いつ行くのかい？」

とチヨが言った。

「あした」

と重吉は言った。

「そうかい」

とチヨは言った。重吉がいなくなると、チヨが平兵衛に向って
「越して行くと言うけど、気がついたら、ここにある茶ダンスも長火鉢も重さんの買ったものだったよ、あっちの部屋がせまいので、こっちへ持ってきて使っていたが」

と言って、ちょっと、間を置いて
「これは、うちで使っていたから、もう、このうちの物だと思うけど、まさか」

とチヨは言って、また間を置いた。

「まさか、持って行かれては、うちでは、買わなければならないし」

そう言ったが
「富くじで当ったときに買ったから、いい値だったよ、品物が格別よいしねえ」

ともチヨは言っている。

「重吉、重吉」

と平兵衛はむこうの小屋に声をかけた。

「はい」と重吉はこっちへ来た。あした越して行くので、まきのと一緒に衣類などの整理をしていたのだ。

「おい、重吉」

と平兵衛は言って
「持って行け、持って行け、あした、すぐに持って行け」

と言いだした。平兵衛は眼をむきだして、手で茶ダンスや長火鉢を指さした。あした持って行けと言っても、先の家は屋根もないし、壁も床もない。

「………」

と重吉は黙っていた。

「持って行け、持って行け」

と平兵衛は怖ろしい顔つきだ。

「はて、まだ、むこうが、屋根もないですから」

と重吉は言ったが、平兵衛の顔つきがあまりにも怖ろしいし、明日は持って行けない。

「はて」と重吉は困ったが、ハッと気がついた。長いあいだここで使っているので、このうちの家財道具になってしまったのだ。それに、今まで、これは
「兄《あに》さんが、使って下さいよ」

と言ったことがあったが、このごろの様子では、兄夫婦と何かとへだたりがあるし、第一、

家がちがえば自分たちも必要になってきたのだが、これは、この家で、と思った。それよりも、あした持って行くことは出来ないのだ。

「あれ、まだ、持ってはいけないけど、この道具は、どうか、こちらの家でお使い下さい、これは置いて行きます」

と重吉は言った。

「持って」と、また言いだした平兵衛の口許は、そこでぴたりと止った。平兵衛の息のねが止ったようにそこで声が止った。重吉はやけくそのように言ったのだった。さーっと、ふり返って、土間におりた。ひょっとみると、まきのが小屋の角に顔をのぞかせて、こっちを見ている。平兵衛の声の様子で、こっちを覗いていたのだった。

重吉は松枝町へ越して、さしむき住めるようになった。が、なにしろ、家財道具はほとんどない。

「そのうち、稼いで、買うことにしよう」

と、このごろの重吉の口ぐせだった。が、このところ、家財道具の話は重吉夫婦の語りぐせのようだった。いちど、まきのが

「あの、お皿を」

と、「村正」の家に貰いに行った。茶ダンスの中の茶わんも、皿も、重吉のものだったから、皿ぐらいは買わないで使いたいと思った。そのときチヨは黙って、茶ダンスの中から三枚まき

のに皿をだした。

「………」

黙って差しだしたが、苦虫をかみしめたようなチヨの顔つきである。皿は十枚ある筈だが、三枚あれば間に合うのでまきのは貰って帰ったが
「あねさんの、あの顔つきを見たら、もう、返してくれなんて言うのは、誰が言うものかい」

と口惜しがっていた。

「それにしても、道具といい、茶わん、皿と言い、なんて、強欲だろう、自分たちは買えばいいのに」

と重吉は言ったが
「それにしても、あの村正さまの刀だけはよくよくこちらのものになったなァ」

と言う。重吉が親の形見で貰ってあった村正の刀のことである。

「ありゃ、あそこの小屋に住んでいても、肌身はなさず持っていたのだもの、死んだお父うさんの形見というじゃないか、それに、土蔵の中には、何十本と、村正さまの刀があると言うじゃないか」

とまきのは言う。何十本ではなく、十数本はあるのだが、まきのは何十本とよく言うのだった。

松枝町へ越して重吉は商売替えをすることになったが、まだきまっていなかった。

「大工道具の研ぎか、のこぎりの目たてか」

と言ったりするが、大工は自分の道具は自分で研ぐので注文はないだろう。

「思い切って、さかな屋か、八百屋をやるか」

とヤケをおこしたように言うことがあった。

「それじゃ、村正のあねさんの言うとおりになるよ」

と、まきのも重吉に言って、これはひがみのような口ぶりだった。

それというのも、松枝町へ越してから二カ月もたったが越後屋さんからの利息の二カ月分の二朱が来なくなったのだった。

鍛冶町の「村正」の家では別の事柄がおこっていた。

「あんた、あんた」と女房のチヨが小間物屋の店から家へ馳け戻ってきて、さわぐように言った。「あんた、妙なことを聞いたんでね、ちょっと気がかりになったんだよ」

そう言ってチヨは声をおとして平兵衛にささやいた。

「むこうの、となりの町内へ、妙な奴が越してきたんだよ」

そうチヨは言って、間をおいた。

「それがねえ、あんたに、そっくり、瓜ふたつだって言うじゃァないか」

とチヨは言うと
「ひぇーッ」

と平兵衛はとんきょうな驚きの声をあげた。

「うす気味が悪いので私が本人に逢ってきたけど、あんた、思い当ることはない？」

とチヨは言う。平兵衛はなんことかさっぱりわからない。

「それじゃ、私が言うけどねえ、言い憎いことだけど、あんたのおッ母さんというヒトは、この研ぎの職人と駆け落ちをしたというじゃないかい、わたしゃ、近所でよくきいてきたんだよ、昔のことを知っている人たちから」

とチヨは言いだした。

「駆け落ちしてから、あんたのおッ母さんは犬の子でも産むように、六人も七人もガキを産み落したそうだよ、この家に三人、家を出てから、六人としても、つごう九人になるじゃないかい、それが、瓜ふたつのように、あんたによく似ている男の子ばかりらしいよ、あんたはおッ母さんにそっくりな顔つきだそうだよ」

とチヨはつづける。

「むこうの町内に越してきたのは刀の研ぎもやるし、かんざし細工などもする職人だそうだ」

「…………」

平兵衛は、思い当ることがあるが、黙っていて何も言わない。

「それで、わたしゃ、その当人に逢ってきたんだよ、むこうじゃ、あんたの腹をわけた兄弟だとも知らないで越してきたらしい、産みの親の、あんたのおッ母さんのことも深くは知らないようだったよ」

「それから」

と、平兵衛は膝を乗りだしてチヨのほうへ寄って行った。よほど気になったらしい。

「うまいぐあいに話をつけてきたよ、そいつは越すことになったよ、いや越してもらうことになったよ、もっとも、あんたと、同じおッ母さんだなんて言いやしないよ」

とチヨは、もう話をつけてきたのだ。

「顔をみていると、あんたに、よくよく似てきて、うす気味が悪くなってくるよ、そいつは、案外、気の弱い奴らしく、そいつも、越してきて、似ている、似ている、生き霊だ、などと言われたらしいよ、すっかり、あの町内に嫌気がさしていたのだよ」

とチヨは言う。

「そうして、越して行ったかい?」

と平兵衛はきいた。

「たぶん、ねえ、今日か、あしたは越しているんじゃないかい、一応、まえの家に戻るという口ぶりだったが、おかみさんなどはどうしているのかねえ、ひとり者かもしれないよ」

とチヨは言って
「それでも、このうちのことは、知らぬ顔をしているが、気がついているようでもあるらしいよ、すなおに越して行くというところが、それに、きがかりなことも口をすべらしていたから」

とチヨは言う。

「なんだい、その気がかりというのは？」

と平兵衛が言った。平兵衛も気がかりになっているらしい。

「それがねえ、このうちへ、挨拶に来たいと言うんだよ、越す前に、と、いうからには、うすうす、気がついているんじゃないかとも思えるけどねえ」

とチヨは言った。がすぐ、つづけた。

「とんでもない、アカの他人なんだから、そんな必要はないと言ってやったよ」

「そうして」

平兵衛はきいた。

「それで、黙ってしまったよ、アカの他人なんだからねえ、と、くりかえして、言ってやったよ、つまらない奴に、兄弟だなんて、思われても困るからねえ」

とチヨは言った。これで、このことは終ったが、ひょっと気がつくと、松枝町に越した重吉の女房のまきのが入ってきた。

「兄さん、ちょっと、ききたいことがあるけど」

と言うまきのの口ぶりはふだんと変っている。口をとがらせて

「越後屋さんの利息はどうなっているんでしょうかねえ」

と店先で立ったまま言った。

「なんだい、バカなことを言う」

とチヨが店の畳の上で言い返した。

「どうなっているか、きいて来いと、言われてきたですよ」

とまきのは言いかえした。そこで平兵衛が声をだした。

「あんな金はな、あんな高い利息ははらい切れないと、越後屋さんは、とっくに返してくれているのだぞ」

と、まきのは怒鳴りつけられた。

「ちょっと、あにさんに、口をかえすようですけど、越後屋さんへ行って、聞いてきたら、あにさん、あの金は兄さんが催促して返してもらったそうじゃないですか、越後屋さんが返してくれたなら、なぜそのとき言ってくれなかったのですか？」

とまきのも負けていない。

「バカ野郎め、うちへ帰って重吉によく言えよ、三年もまえに越後屋さんは返してくれて、今までわしが利息をはらってやったんだよ、もと金《きん》と合わせりゃ二両二分どころか、三両は払ってあるぞい」

と平兵衛は怒鳴った。

「あれ、それじゃ、いままでくれたのは利息じゃなくて、もと金《きん》だったんですねえ」

とまきのは言った。

「バカだね、だれが、それ以上、出すものかい」

とチヨが横で言った。まきのは、そう言い返されて、もう言うことがなかった。あとずさりで店を出たが、もういちど店の中へ
「もと金だか、利息だか、こっちに知らせておかなくて、勝手だよ」

と言って、さーっと、逃げるように去って行った。

その晩、日が暮れて、あたりが暗くなったばかりだった。「村正」の研ぎ屋は仕事もしてないので日が暮れると店は戸を早くしめていた。その暗がりの中へ、ふらつくように現われたのは松枝町へ越した重吉である。刀を抱くように持っている。重吉は、自分の住んでいた小屋のかげに身をひそめた。家の中の様子を窺っているのだった。

そこへ、これも、のこのこと帰ってきたのは「村正」の主人——兄の平兵衛なのだ。

「野郎ッ」

と、重吉は叫んで平兵衛にぶっつかった。見ると重吉は刀を抜いている。

「なにをするんだい」

と地面にひっくり返った平兵衛が言った。

「この野郎ッ」

と重吉は言って、転がった平兵衛の身体の上に馬乗りになった。抜いた刀を横に平兵衛の首に押しつけようとした。

「なにをする」

と平兵衛は言って両手で刀を受けとめた。が
「わーっ」

と平兵衛は声をあげた。両手で刀を受けたので両手首は切れ落ちて刀は口の中に横に押し込まれたのだった。苦しまぎれに平兵衛は声をあげたが、歯を食いしばって、刀を歯で受け止めたのだ。

「金のうらみは、他人よりも」

と重吉は言った。それだけでは重吉は納まらなかった。歯で受け止められた刀をもちあげて、平兵衛の喉に突きさした。平兵衛は足をバタバタと動かしている。

「これでも、まだか」

と重吉の口から声がもれた。重吉は自分の着物の帯をほどいて平兵衛の首に巻きつけて締めつけた。平兵衛の足は、バタバタと動いている。

「息のねを止めてやる。お父ッつァんの形見の村正さまの刀では、きさまなんぞは死なないのか」

と重吉は平兵衛の首を締めつけた。

そのとき、「村正」の家の戸が開いた。

「なんか、外で、声がするようだが」

とチヨが開けた戸から顔を出した。

「どれ、どれ」

という声がしてチヨの横の戸が開いて顔を出したのは、この家の主人の平兵衛である。

「なんだろう?」

と平兵衛もチヨも外へ出てきた。帯がとけて着物が開いている重吉のそばに、血が吹きだすように流れて誰か足をバタつかせている。

「あれまァ」

とチヨが悲鳴をあげて旦那の平兵衛にしがみついた。

「うーっ」

と重吉は唸り声をだした。殺した筈の兄の平兵衛が立って、こっちを眺めているではないか。重吉は、はァはァと荒い息づかいになっている。人を、殺したのですっかり疲れ切っているのだった。重吉は両手を平兵衛のほうへ差しだすようにのばして
「うおーっ」

と唸り声をあげている。そばに転がっている血だらけの死体も唸り声をあげて足をうごかしている。ぱらっと、青い桐の大きい葉が一枚舞いおりた。


〔1975(昭和50)年「文藝」6月号 初出〕

戯曲　楢山節考（三幕）

登場人物

おりん　六十九歳
辰平　おりんの伜　四十五歳
玉やん　辰平の後妻　四十五歳
けさ吉　辰平の伜　十六歳
はん吉　〃　十二歳
とめ助　〃　八歳
おかや　〃　娘　三歳
松やん　けさ吉の嫁　十五歳
又やん　隣家の老人　七十歳
東造　又やんの伜　四十二歳
飛脚　玉やんの兄　四十八歳
照やん　五十歳位
亀やん　四十男
石やん　四十男
元やん　三十五、六歳

第一幕

第一景　根っこのおりんの家

場所　信州の山村

時　江戸末期。夏。

幕開く。おりんの家、粗末な農家、長い縁側と居間、正面には奥の納戸に通ずる戸、上手に古いタンスと上に仏壇があって、その上は戸棚になっている。縁側は上手の戸袋から戸が閉まるようになっている。下手にせまい土間、かまど。家の外景は下手に物置小屋とチョロチョロ川。上手に又やんの家少し見える。家の前は下手に通り道。低い生垣と境にケヤキの根っこがある。

幕上ると根っこに、はん吉、とめ助、近所の子供二、三人腰かけたり、根っこの上に立ったりして遊んでいる。居間にけさ吉寝ころんでいる。

とめ助　俺家のうちにゃ、雪割豆がうんとあるぞ。（自慢するように）

近所の子A　俺のうちにだって、うんとあるぞ。

近所の子B　うちにだって、うんとあるぞ。

とめ助　どこにあるか、知ってるか？

近所の子A　俺だって知ってるよ。

とめ助　俺家のうちじゃ（指をさして云おうとする）

はん吉　とめ助、そんなことを云うものじゃねえぞ、冬になってから食うためにしまっておくのだぞ。

とめ助　兄ちゃん、冬になったら食うのだな。

近所の子等、また遊びだす。

とめ助　俺家のうちにゃ、雪割豆がうんとあるぞ。

近所の子B　うちにだって、うんとあるぞ。

けさ吉起き上って根っこの所へ出て来る。

けさ吉　とめ助、豆は、どこへ置いとくか知ってるか？

とめ助　…………。

けさ吉　こないだまで物置においてあったが、おばあやんが、どこかへ隠してしまやァがった、どこへ隠したか？　教えれば、とめ助、お前《まん》にもやるぞ。
とめ助　俺にもくれるか？
はん吉　とめ助、教えるじゃねえぞ、冬になってから食うのだに、食ったりすればなくなってしまうぞ。
けさ吉　（騙すように）黙ってろ、とめ助、どこにあるか、教えれば、食わせてやるぞ。
とめ助　本当だな、教えてやろか、お仏壇の上の戸棚の中にあるぞ。（指をさす）
はん吉　バカ。
けさ吉、家の中へとび込んで仏壇の前に行く。戸棚に手がとどかないので踏台を持って来て戸棚の奥から大きい袋をとり出す。はん吉、とめ助、けさ吉のそばに走って行く。
けさ吉　（近所の子供達に）みんな、早く家《うち》へ帰《けえ》れ帰れ、早く帰れ。（子供達帰って行く）
けさ吉、豆をワシ掴みにして二回、ふところに入れる。豆の袋を戸棚に入れる。
けさ吉　ほれ、（とめ助に）一粒、二粒、三粒。（数えて三粒だけやる）
はん吉　兄ちゃん、俺にもくれ。
けさ吉、一粒ずつ数えて三粒やる。
はん吉　兄ちゃんも三ツだけにしておけ。

けさ吉　コバカ、てめえ達のようなガキと、俺じゃ違うぞ。

おりん、おかやをおぶって下手から根っこの所へ帰って来る。家の中を見て、あわてて走って行く。

おりん　バカ、勿体《もってえ》ねえことを、お前だちはバカの奴だなあ。（おかやを縁側におろす）

はん吉の豆を取りかえす。とめ助の豆も取りかえす。

おりん　けさ吉、もってえねえことを、さあ、みんな元のところへしまっておけ。

けさ吉、しぶしぶふところから豆を出して戸棚の袋の中に入れる。豆、二、三粒こぼれる。とめ助すばやく拾って口の中に入れる。

おりん　お前達は大事のものを、そんねに無駄にしてしまって、もってえねえことを、冬になってからどうするだ、けさ吉、お前は年が上だから、子供だちを怒らなければダメだぞ。

さあ、ふところへ入れたのは、みんな元の所へしまっておけ。

けさ吉、また豆をふところから出して戸棚の袋へ入れる。豆、一粒こぼれる。

はん吉すぐ拾って口に入れる。

おりん　（はん吉の頭を叩く）バカ、てめえもけさ吉のようなバカの奴の真似をしちゃダメだぞ。

（けさ吉出て行こうとする）

おりん　けさ吉、（おかやを抱き上げながら）お前、こないだも、物置から豆を出してしまったじゃねえか、それだからお仏壇の上へ隠しておいたのだぞ、それでも、まだ勝手に持ち出して、（仏壇のそばに行く）こっちへ来い。（けさ吉家の中に上る。おりん、けさ吉の肩をひっぱって仏壇の前に坐らせる）さあ、御先祖さんの前で謝れ。冬にならんのに、いたずらに豆を食ったりして、御先祖さんは、な、豆でもなんでも残しておいてくれたのだぞ、御先祖さんが、みんな、畑をこしらえてくれたり、モロコシの種でも、白萩《しらはぎ》さまの種でも、みんな御先祖さんが残しておいてくれたからだぞ、御先祖さんは、山へ行って、この家《うち》を守ってくれてるのだぞ、さあ、御先祖さんの前で謝れ、二度と、こんなバカのことをしないように。

けさ吉仏壇の前に手をついて。

けさ吉　お悪うごいした。（頭を少し下げただけで上に高くもち上げてお辞儀をする）

おりん　お山の方をむいても謝れ。

けさ吉、お山の方――花道の方――に向って手をついて。

けさ吉　お悪うごいした。（頭を少し下げただけで上に高くもち上げてお辞儀をする）

けさ吉のふところから豆がこぼれる。おりん、急いで拾い上げる。けさ吉のふところに手を入れて探り出す。

おりん　もってえねえこと。（二、三粒出してしまう）

けさ吉、根っこの所へ行く、ふり返って、おりんにぶつぶつ文句を云うように。

けさ吉　おばあやん、一人でばかり食うずら、（間をおいて）自分ばかり食や、いいさいいさ、歯が達者の人は、いいさいいさ。

けさ吉出て行く、おりんその後姿に。

おりん　バカ、冬になって、困るようにならなければ食ったりしないぞ。

おりん、呆然としている。思い出したように仏壇の前に行く。仏壇の中から火打石をとり出す。あたりを見廻して、左手で口を隠す。右手に火打石を持つ、（大向うより声）歯を叩く、間をおいて、再び叩く、家の外に飛脚来る。根っこの所で家の中をのぞく。

飛脚　根っこのおりんやんの家はここけえ？

おりん火打石をしまう。飛脚縁側に来る。

おりん　そうでごいすよ、あんたは？

飛脚　向う村から来やしたけど。

飛脚、縁側に腰かける。おりん、かしこまって坐る。

飛脚　あんたの里から頼まれて来たのだけど。

飛脚家の中を見廻す。

飛脚　おととい、後家になった者が出来たけど、ちょうどいい話じゃねえかと思って。

おりん　そりゃ、まあ、ご苦労さんでごいす。まあ、有難うごいす。

飛脚　年は四十五だけんど、気持はやさしい女でごいすよ。

おりん　うちの辰平も四十五で、ちょうど、いい話でごいす。まあまあ、ありがとうごいす。
飛脚　あれ、それじゃァ、同じ年で。
おりん　ご苦労さんでごいす。わしも来年になれば、早々《そうそう》に山へ行きやすから。
飛脚　…………。
おりん　これで山へ行くにも、なんの心配もなくなって、山へ行く時のムシロも三年も前から作っておきやしたから安心でごいす。（飛脚のそばに口を近づけて）山へ行く時の振る舞いも、いばれるほどでもねえけど、白萩さまもドブロクも、ちゃんと仕度がしてありやすから、これで嫁が来てくれれば、わしも安心して山へ行けやす。有難うごいす。
飛脚　おばあやんはいい人だなあ。（おりんのそばに口を近づけて）山へは、ゆっくり行った方がいいさ。
おりん　（軽く）なに、早く行った方がいいさ、早く行った方が山の神様《かみさん》にほめられるさ、この家のお姑も山へ行きやした。向う村のわしのおっ母ァも山へ行きやした。先に行った人だちが待っていてくれやすものを。
飛脚　…………。
おりん　（横をむいて）山では、わしの行くのを、きっと待っていてくれやすよ、（立ち上って茶碗に湯を入れながら）それで、いつから来てくれやすか？
飛脚　おととい亭主の葬式をしたばかりだから、四十九日でもすぎたら来るようにしやァしょう。

おりん　そうでごいすけ、それじゃァ、四十九日がすぎたら、すぐに来るように云ってくれんけ。

おりん仏壇の上の戸棚から豆を一摑みとりだす。

おりん　あんた。食べながら帰っておくんなって。

飛脚　あれ、悪いねえ。

おりん　早く仕舞っておくんなって、誰かに見られると嫌だから。

飛脚　あれ、悪いねえ、（手拭に包んでふところに入れる）それじゃ、家へ持って帰って。

おりん　一人で食べねえよ、食べながら帰っておくんなって。

飛脚　家へ持って帰りやす、有難うごいす。

ふところに手をやる。

おりん　すぐに知らせに来てくれて、ご苦労さんでごいす、あんた一人だけで食べねえよ。

飛脚　有難うごいす、家へ持って帰りやす、冬になってからいただきやす。

おりん　ご苦労さんでごいしたねえ。

飛脚　わしも安心しやしたよ。後家になって困ったことになったものだと思っていたところを、すぐに話がきまって、それに、おばあやんはいい人だし、安心しやしたよ、（立ち上って）それじゃァ、四十九日がすぎたら必ず来やすから、お願いしやす。

飛脚、根っこの所まで行く、おりんあわてて。

おりん　あんたあんた、嫁に来る人の名は、なんという名だね？

飛脚　ああ、うっかりしていて、玉《たま》という奴だけんど。
おりん　玉やんというのでごいすね、そうけえそうけえ、あの、念を押すようだけんど、四十九日がすぎたらすぐに来てくれやすねえ、わしも、伜が帰って来たら話しておきやすから。
飛脚出て行く、後姿に。
おりん　待っていやすからねえ。
おりん一人になる。おかやを抱く、辰平帰って来る。根っこの所に背負籠をおいて腰かける。おりん家の中から辰平の後姿に。
おりん　おい、向う村から嫁が来ることになったぞ、おととい後家になったばかりだけんど。
辰平　そうけえ、向う村からけえ、この家にゃ向う村から二代つづいて来ることとなるなあ、いくつだと？
おりん　玉やんと云ってなァ、お前と同じ四十五だぞ。
辰平　いまさら、色気はねえだから、アハハ。
おりん根っこの所にゆく。
おりん　さっき、飛脚が来てなァ、四十九日がすぎたら、すぐ来ると云っていたぞ。
おりんからおかやをとって辰平抱く。
おりん　よかったじゃねえか、嫁が来なかったら……、わしも、これで思い残すこともねえ。
下手で唄。

〽楢山祭りが三度来りゃよ
　栗の種から花が咲く
おりん歌の方へ耳を傾ける。辰平の顔をのぞく、辰平アゴを突き出して聞いている。
おりん　お祭りが来るというに、今年は誰も唄い出さんので。
辰平　………。
おりん　やっと、歌を唄いだしたよォ。お祭りの歌も今年で聞き納めだ。もう唄いだすか、もう唄いださんのかと思っていたのに、今年はいつもより、おくれたような気がするが、これで、やっと落ちついたような気がするよォ。嫁もきまったし。
〽塩屋のおとりさん運がよい
　山へ行く日にゃ雪が降る
唄と共に舞台暗くなる。
太鼓の音。
〽夏はいやだよ道が悪い
　むかで長虫やまかがし
唄と共に舞台明るくなる。

第二景　根っこのおりんの家

子供だち家の中にいる。おりん、おかやを抱いて縁側に腰かけている。

おりん　あさってはお祭りだ、まだ、いろいろすることがあるから、はん吉、おかやを少しおぶってくりょォ。

はん吉　白萩様は、今夜炊くのかい？　あしたの朝炊くのかい？

おりん　バカ、あさっての朝だ。

はん吉、おかやをおぶいながら唄う。

〽かやの木ぎんやんひきずり女
　姉《あね》さんかむりでネズミっ子抱いた

おりん　よせよせ、そんな歌は、そんな歌を唄ってカヤの木の家の人にでも聞こえれば悪いから、そんな歌はよせよせ。

けさ吉帰って来る。はん吉唄いだす。

〽夏はいやだよ道が悪い
　むかで長虫やまかがし

おりん根っこのところの薪をかたづけだす。

おりん　「夏はいやだよ」ということは、道が悪いからだぞ、山へ行くには、夏は道が悪いからよせということだ。
はん吉　なぜ？　夏は道がわるいずら？
おりん　そういうことになってるのだ、夏行けば、な、行く道にムカデや蛇がいて嫌だよう、「夏はいやだよ道が悪い、むかで長虫やまかがし」って、歌のとおりだ。わしも、夏、山へ行くなんか嫌だよう、わしゃ蛇は大嫌えだ、山へ行くにゃ冬行くことにきまってるだ。
けさ吉　（縁側に腰かけていて）夏、山へ行けば、なんぼでも生きていて困るからだ。
飛脚再び来る。根っこの所で。
飛脚　こないだは。
おりん　あれ、あんたはこないだ来た、向う村の、嫁を世話してくれると云って来た。
飛脚　そうでごいす、今日はほかのことで来やした。
おりん　まさか、嫁が来《こ》ねえことになったのじゃ？
飛脚　そんな話じゃねえ、あんたの妹が昨夜《ゆうべ》死んだから知らせに来たのでごいす。
おりん　あれ、向う村のわしの妹は、死んだのでごいすけ！　（呆然とする）
飛脚　ゆうべポックリ死にやした。
おりん根っこの所に出て、下手の通り道まで来る。向う村の方を眺めて。
おりん　これでわしの姉妹は、わし一人になってしまいやした。妹だけ残っていたけど、わしより十二も下だったけど、可哀想に、（手を合せて）可哀想に、山へも行かずに、それでも山へも行かずに、運がいいというか？　悪いというか？（飛脚のそばへ行って）わしも、山へ行く日に、妹が生きていたら、わしのことを心配するけど、妹は先に死にやした、わしゃ運がいいというものでごいす。

飛脚　それで、おばあさん、わしと一緒に行きやすけ？　別れに、顔を見に。

おりん　………。

飛脚　一緒に行くじゃ、わしと一緒に。

おりん　（考えこんで）わしゃ、すぐ山へ行くのだから、死んだ妹の顔を見て、涙を流して、向う村の人に笑われたりするのは嫌でごいす。（おりん顔を隠して涙をふく）

飛脚　そんな心配もねえさ、逢いたいでごいしょう？

おりん　妹の顔を見れば泣けるから、困りやす。笑われたりするのは嫌でごいす。（家の方をむいてうずくまる。泣く）

飛脚　そんな心配もねえさ、わしと一緒に行って、ホトケさんの顔に逢って。

おりん立ち上って、聞かない振り。

おりん　けさ吉、早く辰平を呼んでこう、裏の山の入口にいるから。

けさ吉、辰平を迎えに物置の後へ行く。

おりん　伜の辰平だけ行かせるから、わしは行かないことにするから。

飛脚、おりんの顔を眺めて涙を流す。
飛脚　そんなに、村の人達に義理を立てることもねえと思うけんど。
辰平足音を立てて来る、けさ吉おくれてくる。
辰平　向う村の叔母《おば》さんが死んだと？
辰平と飛脚顔を合わせる。
飛脚　あんたは、辰平やんで？
辰平　知らせに来てくれて、御苦労さんでごいす。
飛脚　わしは、こないだ嫁の話を持って来やしたけど。
辰平　おっ母ァ、叔母さんに別れに行かんか？
おりん　辰平だけ行けばいい、わしは家《うち》にいよう、あさってはお祭りでいろいろ用もあるから。
辰平　…………。（考え込む）
おりん　辰平だけ行けばいいさ。（ひとりごとのように云いながら前に出て向う村の方を眺める）
飛脚　こないだの話の、嫁は、わしの妹でごいすよ。
おりん　どうも、あとで、わしも気がついたけんど、後家になった人の、身内の人じゃねえかと思っていやした、やっぱり兄ちゃんだったのでごいすねえ。
辰平出かける仕度をしている。飛脚を辰平のそばに近づけて。
おりん　辰平、この人は嫁になる玉やんの兄貴だぞ、お前にも兄貴になる人だ。

辰平　御苦労さんでごいす。
飛脚と辰平外に出る。
辰平（家の中へ）行ってくるよ。（飛脚に）おばあやんは、行きてえけど行かんのでごいす。
飛脚　そんなに、村の人達に義理を立てることもねえと思うけんど。
おりん見送って、楢山の方に向って手を合せ。
おりん　楢山さん、妹はゆうべ死にやした、わしゃ、これで一人になりやした、わしが山へ行く日に泣いてくれる妹は死んでしまいやした。有難いことでごいす、わしゃ運がいいとゆうもんでごいす、楢山さん、わしが山へ行く日にゃ、どうか雪が降ってくれるようにお願いしやす。
拝み終って根っこの所に隣りの又やんが腰をかけているのに気がつく。おりん、又やんのそばに行く。
おりん　又やん、向う村の、わしの妹は十二も年が下だけど、ゆうべ死にやした、可哀想に山へも行けず、運がいいと云うか悪いと云うか。
又やん　運がいいと云うもんでごいす、わしのように、この年になっても山へ行けず、生き恥をさらしているより運がいいと云うもんでごいす。
おりん　又やん、本当なら、お前は去年の冬山へ行くだったのに、お前も可哀想なひとだなあ、生き恥をさらして、そんな思いまでして生きていたって、しょうがねえじゃねえか。自分の息子にまで嫌われて生きているより、惜しがられているうちに死んだ方がいいじゃねえか、いつまで生きていても同じことだ、御先祖さんも、みんな山へ行ったじゃねえか、又やん、村の人はなんと云ってるか知っているか、お前の家じゃ山へ行く時のふるまい酒が惜しいから山へ行かんのだと云ってるぞ。

又やん　堪忍してくりょォ、山へ行くだけは。

おりん　バカなことを云うもんじゃねえ、そんなことを云っては山の神様に申しわけねえぞ、山へ行ったお前の御先祖さんにも申しわけねえぞ。

又やん　堪忍してくりょォ、山へ行くだけは。

おりん　バカなことを云うもんじゃねえ、わしは来年、七十になったら早々山へ行くつもりだ。

又やん　あんた行ってしまうか。（泣く）

おりん　わしゃ、ずっと前から、山へ行くのを待っていた、ただ、食う物ばかり食っていて、わしのような者がいるから、わしゃ肩身がせまくて、山へ行く日を毎年毎年数えていたのに、又やん、まさかお前は、つんぼゆすりをされて山へ行くじゃねえらな？

又やん黙って少しずつ帰って行く。

おりん　（後を眺めて）又やん、この冬は山へ行ってくりょォ。

舞台次第に暗くなる。

第三景　根っこのおりんの家

太鼓と三味線で華やかに祭り唄。

〽楢山祭りが三度来りゃよ
　栗の種から花が咲く

唄と共に舞台明るくなる。子供達、根っこに遊んでいる。けさ吉家の中に寝ころんで、おりん、おかやを抱いている。唄つづく。

〽塩屋のおとりさん運がよい
　山へ行く日にゃ雪が降る

おりん　今日は、年に一度のお祭りで白萩様の、白い米の飯を、みんなうんとたべたし、みんなお祭り場へ行ったらどうだい？
けさ吉　飯を食いすぎて動けねえ。
はん吉　俺も食いすぎて動けねえ、白いめしは白萩様だから、白いめしだなァ。
おりん　白いら、まぶしいように白かっつら。

おりん、おかやを抱いて嬉しそうに根っこの所に出てくる。はん吉唄う。

〽かやの木ぎんやんひきずり女

おりん　よせよせそんな歌は、かやの木の家のひとにでも聞かれると悪いから、そんな歌を唄うものじゃねえぞ。

けさ吉根っこの所へ出て来る。唄う。

〽かやの木ぎんやんひきずり女

姉さんかぶりでネズミっ子抱いた

おりん　よせよせ、そんな歌を唄うものじゃねえ。

はん吉　なぜ聞えると悪いのだ？

おりん　その歌は、かやの木の家の悪口を云ってるのだぞ、けさ吉、お前にも教えておくけど、かやの木の家のぎんやんという人は、わしがこの家に嫁に来た頃は生きていた人だ、いくつになっても山へ行かなんで、八十いくつかまで生きていた人だ、いくつになっても山へ行かなんで、村の人に顔を見られるのが恥かしいから家の中にばかりいたのだ、外へ出る時には顔を隠して歩いたのだぞ、孫やヒコのお子守りばっかりしていたのだ、ネズミっ子というのは孫の、そのまた子どものことだ、だらしのねえひとだと云われて、ひきずり女だなんて云われたのだ、「姉さんかぶりでネズミっ子抱いた」というのは、村の人に顔を見られるのが嫌だから、手拭で頬かぶりをしていたのだ。

けさ吉　それじゃァ、こんな恰好かい？

けさ吉手拭で頬かぶりをしておかやを抱く、ねむらせるようにゆすりながら踊りだすように。

けさ吉「姉さんかぶりでネズミっ子抱いた」。

おりん　よせよせ、そんな真似をするものじゃねえ。

けさ吉「姉さんかぶりで孫ヒコ夜叉子《やしゃご》」と唄うひともあるぞ。

はん吉　ヤシャゴってなんだ？

おりん　夜叉子というのはヒコの、そのまたこどものことだ、ネズミっ子のそのまた子どものことだ。

近所の子供達二、三人通る。おりんあわてて近所の子供達の顔をみる。

おりん　よかったよォ、かやの木の家の子どもがいなくて、けさ吉、そんな歌は唄わなんで、塩屋のおとりさんの歌を唄えばいいじゃねえか、「塩屋のおとりさん運がよい、山へ行く日にゃ雪が降る」って云って、雪が降るなんて歌は何遍聞いてもいい歌だ。あそこの塩屋に、昔、おとりさんという人がいたが、その人が山へ行く日には雪が降ったのだ、なあ、運がいいひとじゃねえか、山へ行くのに、雪が降れば行けなくなってしまうけど、塩屋のおとりさんという人は山へ着いたら雪が降りだしたのだ、運のいい人があったものだ、（子供達を見廻して）みんな、雪が降るゆきがふるって唄えば雪が降ってくるかも知れんぞ。

はん吉　そんねに、同じ歌ばかり。

おりん　そうだ、雪が降る降ると聞いただけでもいいじゃねえか、そうすれば、わしが山へ行く日もきっと雪が降るぜ。

辰平帰って来る、けさ吉出て行く。

辰平　お山のお祭りも、今年はいつもの年より。

おりん　いつもの年より米が白かっつら、今年でわしもお祭りの仕納めだから、白萩様もまぶしいように白くついたぞ、わしが山へ行く日にゃ、まっ白い雪が降ってくれるように拝みながら、米をよくついたのだ、わしが山へ行く日にゃ、きっと雪が降るぞ。

辰平　いつもの年より、お祭りも淋しいような気がするので、お祭り場へ行っていたけど面白くもねえから帰ってきた。

おりん　そんなことを云わなんで、ドブロクでも、うんとのめば、面白く騒げるらに、お前ろくに酒も飲まなんだからだぞ、「年に一度のお山の祭り、ねじりはちまきでまんま食べろ」と云ったり「年に一度のお山の祭り、腰がぬけるよに酔っぱらえ」って、辰平、お前も腰のぬけるほどドブロクをのんで、酔っぱらったところをわしに見せてくりょォ、今年でお祭りも見納めだから。

辰平　おっ母ァ、なにも、どうでもこの冬に山へ行かなんでもいいだよ。

おりん　バカのことを云うものじゃねえ、七十になれば山へ行くことに、きまっていることだ、辰平、お前もお供がえらいことだなァ、「お供ァらくのよでらくじゃない、肩の重さに荷のつらさ」って、お供はえらいことだ、辰平、お前もしっかりしてくりょォ、辰平、わしゃ、しっかりしているから安心してくりょォ、わしゃ、又やんのようじゃねえから。

辰平　なにも、どうでもこの冬に山へ行かなんでも。

おりん　バカのことを云うものじゃねえ、そんなことを云うと山の神様に申しわけねえぞ、冗談にでもそんなことを云ってみろ、口が曲ってしまうぞ。

辰平黙って出て行く。太鼓の音。おりん、かまどに火をつける。玉やん信玄袋を持って、来る。行ったり来たりして根っこに腰をかける。おりん気になるように時々見ている。

おりん　（家の中で）どこの人だか知らんが、お祭に来たのけ？

玉やん　辰平やんのうちはここずら。

おりん出て来る。

おりん　あんたは、向う村から来たずら、玉やんじゃねえけ？

玉やん　ええ、そうで、うちの方もお祭りだけど、こっちへ来てお祭りをするようにって、みんなが云うもんだから、今日来やした。

おりん　そうけえそうけえ、さあさあ早く入らんけえ。

二人家の中に上る。おりん膳を持ち出して。

おりん　さあ、食べておくれ、いま辰平を迎えに行って来るから。

玉やん　（飯をたべながら）うちの方の御馳走《ごっそう》を食うより、こっちへ来て食った方がいいとみんながが云うもんだから、今朝めし前で来やした。
おりん　さあさあ食べねえよ。えんりょなんいらんから。
玉やん　おばあやんがいい人だから、早く行け、早く行けとみんなが云うもんだから、わしも早く来てえと思ってねえ。
おりん　まっと早く来りゃよかったに、昨日来るかと思っていたに。
思い出したように手で歯を隠す。
おりん　なんだから、あんな根っこのところにいたでえ？　早くうちの中に入ってくればよかったに。
玉やん　ひとりで来ただもん、なんだか困ったよォ、兄やんが連れてきてくれると云ったけど、ゆうべッからお祭りのドブロクで酔っぱらっちゃって、おばあやんがいい人だから早く行け早く行けって、ゆうべッから、そんなことばっかり云ってねえ。
おりん　あれ、それじゃァ、わしが連れに行ってやるだったに。
玉やん　あれ、来りゃよかったに、そうすりゃァ、わしがおぶってきてやったに。
玉やん胸につかえて背中に手を廻してさすっている。玉やんのうしろにまわって、おりん肩からさすりながら。
おりん　ゆっくりたべねえよ。（間をおいて）わしも正月になったら山へ行くからなあ。
玉やん　あれ、兄やんも、そんなことを云ってたけんど、ゆっくり行くように、そう云っていたでよ。

おりん　とんでもねえ、早く行くだけ山の神様にほめられるさ。（膳の上の皿をおきなおして）このやまべは、みんな、わしがとってきただから。

玉やん　あれ、おばあやんはやまべがとれるのけえ？

おりん　ああ、辰平なんかも、けさ吉なんかも、まるっきり下手でなあ、村の誰だって、わしほどとってくるものはいんだから、（間をおいて）わしはなァ、やまべのいるとこを知っているのだぞ、誰にも云うじゃねえぞ、わしゃ山へ行く前に、このうちの誰かに教えておくつもりだったが、けさ吉に教えようかとも思ってたけど、あいつは口が軽い奴だから、うっかりしゃべってしまうかも知れんから云えねえだよ、玉やん、お前に教えておくからなあ、夜、その穴のとこへ行って手を突っこめばきっと摑めるぞ、摑むときには、やまべの腹をさするのだ、そうすりゃ、やまべは動かねえから、これがコツだ。誰にも云うじゃねえぞ、（やまべの皿をつきつけるようにして）こんなものは、みんな食っていいから、まだ乾したのが、うんとあるから。

けさ吉入って来る。

おりん　おお、けさ吉、向う村から、お前だちのおッ母ァが来たぞ、玉やん、これが、けさ吉と云って総領だ。

けさ吉　おっ母ァだって？（玉やんを眺めて）おっ母ァなど、いらねえぞ、（文句を云うように）

めしを食う奴が、そんねにいく人も、いく人もふえれば、どうなるか知ってるか？

おりん　なにを云うだ、けさ吉、いく人も、いく人もふえたじゃねえ、ここに来た、玉やんがひとりふえただけだ、なにを云うだ。

けさ吉　去年、裏山の谷底へ転げ落ちて死んだのが俺達のおっ母ァだ。嫁を貰うじゃ俺が嫁をもらえば、それでいいじゃねえか、お父っちゃんが、そんねに、いく人も、いく人ももらう必要はねえ。

おりん　（箸を投げつける。立ち上って）バカ、何を云うだ、今夜から、めしを食わせねえぞ。

けさ吉出て行く。

おりん　（玉やんに謝まるように）いく人も、いく人もだと、ねえ、バカの奴じゃねえけ、まあ、あいつがいろいろ云うけんど、我慢してくりょォ、あんなことを云うけんど、あいつは口ほど悪い奴じゃねえから。

けさ吉と松やん夫婦気どりで来る。

おりん　あれ、あんたは池の前《めえ》の松やんじゃねえけ？

けさ吉　おばあやん、俺も松やんを嫁に貰うことにするぞ、俺は、お父っちゃんのように、そんねにいく人も、いく人も貰やァしねえから安心してくりょォ。

おりん　バカ、何を云うだ、てめえが嫁を貰うだと？　（再びびっくりして）何を云うだ、てめえ、まだ十六だぞ、「三十すぎてもおそくはねえぞ、一人ふえれば倍になる」と云って、倍になるというのは、それだけめしが必要《いる》ことだ、けさ吉、お前《まん》、十六だぞ、三十になるまでにゃ、まだ十年も十五年も間があるぞ、何を云うだ。

けさ吉　俺の年の数を勘定するより、おばァ、てめえの歯の数の勘定しろ、お祭り場で唄ってる歌を知らなきゃ教えてやらァ。「根っこのおりんやん納戸の隅で、鬼の歯を三十三本揃えた」って唄ってるのを知らんか、一人ふえれば倍になるどころか、おばあやんは一人で三人分もめしを食うくせに、（松やんに）おばあはなァ、三十三本の歯で、三人分もめしを食うのだぞ。

おりん立ち上って、家の中から飛び出すように出る。けさ吉、松やん逃げる。

おりん根っこの所で。

おりん　何を云うだ、バカ、何を云うだ。

おりん縁側に腰かけると、はん吉、おかやをおぶって帰ってくる。おりん、おかやを抱く。黙って玉やん抱く。

おりん　玉やん、あいつは、いろいろ云うけんど、口で云うほど悪い奴じゃねえから我慢してくりょォ。

おりん髪をとかす。おりんすっかりまごまごしている。思い出したように櫛を玉やんに見せて。

おりん　わしが山へ行ったら、玉やん、この櫛は、あんたが使いねえよ、この櫛は、このうちのお姑が使った形身だよ、わしが山へ行ったら、玉やん、お前が使いねえよ。

おりん縁側から家の中に上って。

おりん　わしは、ちょっと、辰平を呼びに行って来るから、ゆっくり食いねえよ。

おりん仏壇の中から火打石をとりだす。根っこの所に行って、まごまごする。下手の通り道に立ち止って左手で口を隠して火打石で歯を叩く。まごまごしながら引き返して物置小屋に入ってゆく。(間をおいて) 血が流れる口を押えながらよろよろ出て来る。チョロチョロ川にまたがって手で口の中をゆすぐ。立ち上ると着物の前がひろがっている。家の方に行くが、手で口を押えて川にまたがって口の中をゆすぐ。はん吉来る。おりんの顔をのぞいて叫ぶ。

はん吉　おばあやん、口の中に、血が。

おりん　歯が、歯が、かけた。

おりん花道に出る。痛そうだが嬉しそうに口を押えて揚幕まで。

第四景　根っこのおりんの家

夜、縁側の戸が全部閉っている。下手の遠くで叫び声。大きくなって、「泥棒泥棒」の叫び声。上手の縁側から戸を倒してけさ吉とび出す。下手に走り去る。

すぐ辰平とび出す。下手の縁側の戸が倒れておりんころがり出る。縁の下から棒をとりだす。玉やん手に棒を持って上手の方の戸から出て来る。おかやをおぶって、とめ助、はん吉と一緒。

おりん　玉やん、泥棒だぞ、ハダシで行け。

泥棒々々と下手で騒ぐ村人大勢、雨屋の親父をかついで上手へ通る。間をおいて、村人上手から下手へ通る。雨屋の親父だけ上手に置いて、けさ吉、辰平、おりん家中下手から帰って来る。皆、袋に分配物を持っている。

辰平　（上手の方を見て）あの松の木に雨屋の奴を縛りつけておくが、俺家と又やんの家が一番近くだから、見張り番をしなけりゃならんぞ。

けさ吉　大丈夫だ、あのくらい縛りつけておけば、子供でも叩き殺せるから。

東造、又やん、分配物を持って下手から来る。

東造　お父っちゃん、よく見ろ、あそこの松の木を。豆を盗んで、縛りつけられて、今夜あたり、家中の者が叩き殺されるから。

けさ吉　（横から又やんに）「お父っちゃん出て見ろ枯木や茂る、行かざあなるまいショコしょって」って云うけんど、「お父っちゃん出て見ろ枯木や茂る」じゃなくて（東造の肩を叩いて）「お父っちゃん出て見ろあの松の木を」という奴だなあ。

辰平　（けさ吉唄わないで文句のように云ったのだが）けさ吉、歌など唄ってる時じゃねえぞ、雨屋じゃ家中十二人の者が食うものをみんなとられてしまって。
けさ吉　食うものを盗めば、その家の物はみんな村中の者に分配されて、叩き殺されても仕方がねえという村のきめだ。「いやだいやだよ盗人《ぬすっと》は、亀のそっ首、つるしん棒」って云って。（首つりの真似をする）
おりん　けさ吉、歌なんか、唄ってるときじゃねえぞ。
東造　雨屋は泥棒の血統だ、家中の奴を根絶やしにしなけりゃ、夜もおちおちねむられねえ。（又やんをひっぱり寄せて）よく見ろお父っちゃん、いつまでも山へ行かず無駄めしを食って、死ぬのを待っているお父っちゃんと、豆を盗んであの松の木に縛りつけられて、殺されるのを待っている雨屋の親父とうちのお父っちゃんと、どっちが運がいいか、よく考えて見たらどうだい。
又やん　…………。
東造　（辰平に）雨屋の奴等は、根絶やしにしなけりゃ。
辰平　根絶やしにすると云っても家中十二人じゃァ。
けさ吉「いやだいやだよ盗人は、お念返《ねんげえ》しは百層倍《そうべえ》」って歌の通りだ、でかい穴を掘って埋《い》けてしまえば。
からす啼く。
おりん　あれ、そんなことを云うから、からす啼きがするじゃねえけ。

東造　今夜あたり、おとぶれえが出るかも知れんぞ。

東造、又やん上手に帰って行く。家の者達めしを食いはじめる。又やんが帰ると、下手から松やん来る。根っこに腰かけて辰平気がつく。

辰平　(めしを食うのを止めて) そこにいるのは松やんじゃねえか。

皆、松やんを見る。松やん、のろのろと歩いて縁側に尻だけ延ばすように尻だけ置く。辰平、玉やん、おりん驚く。松やん尻だけのせて動かない。

けさ吉　松やん、早く上れ早く上れ。

松やん腰かける。次第に両足を上げて少しずつ上り込む。

けさ吉　松やん、めしを食わせてもらえ。

辰平たち驚いてけさ吉を見る。松やん少しずつ動いてお膳の前に坐り込んでしまう。

玉やん　(驚いて) あれ、松やんの腹はでかいけど。

辰平　まさかけさ吉の……。

おりん　(はげしく手を振って) 何も云うじゃねえ。

けさ吉　ネズミっ子が生れたら、俺が裏の山へ捨《ぶちゃ》って来るからいいヮ。

松やん　ああ、ふんとに頼んだぞ。

おりん、飯を盛って松やんにやる。松やん食べる。みんな食べないで見ている。

けさ吉　おばあやんは何時《いつ》山へ行くでえ?
おりん　来年になったら、すぐに行くさ。
けさ吉　早い方がいいよ、早い方が。
玉やん　おそい方がいいよ、おそい方が。
　　はん吉飯を食い終って根っこのところに出る。空を見て。
はん吉　雪ばんバァが舞って来た。
おりん　(立ち上って) そうか、雪ばんバァが舞って来たか、(根っこの所に出る) そうか、今年は雪の多い年かも知れんぞ、わしが山へ行く日にゃ、きっと雪が降るぞ。(にっこりする)
　　舞台暗くなる。

第五景　根っこのおりんの家

　　〽お父っちゃん出て見ろ枯木や茂る
　　　行かざあなるまいショコしょって
　　舞台明るくなる。おりんと辰平根っこのところに立っている。
おりん　山へ行った人たちを今夜呼ぶから、みんなにそう云って来てくりょォ。
辰平　なにも、今夜でなくても。

おりん　バカなことを云うものじゃねえ、あと二、三日でお正月だ、少しばかり早くても、どうせならネズミっ子の生れんうちに山へ行くのだ、早く行って来い、みんな山へ行って留守になってしまうぞ。

辰平　俺は嫌だ、来年になってからでも。

おりん　バカ、早くそう云って来い。

辰平　俺は嫌だ、来年になってからでも。

おりん　バカ、そう云って来い、云って来なきゃ、あした、わし一人で山へ行くぞ。

おりん、辰平の身体を押す。辰平下手の通り道へ去る。

〽楢山祭りが三度来りゃよ
　栗の種から花が咲く

唄の間におりん家の中で綿入れをぬぐ。短い着物と着かえる。足が一尺も見える。縄帯になって、帯と綿入れをたたんでタンスに仕舞う。この間に歌。

〽なんぼ寒いとって綿入れを
　山へ行くにゃ着せられぬ

辰平帰って来る。おりんカメと大きい杓を持ち出して下手におく。おりんと辰平上手に坐る。舞台少し暗くなって村人の照やん、亀やん、石やん、元やんの四人、粗末な白い喪服で白提灯を持って集まって来る。家の中の下手に坐ってお辞儀。

照やん　お山参りはつろうござんすが御苦労さんでござんす。

四人揃って礼。照やん杓で酒をがぶがぶ飲んで。礼。

照やん　お山へ行く作法は必らず守ってもらいやしょう。一つ、お山へ行ったらものを云わぬこと。

亀やん酒をのんで。礼。

亀やん　お山へ行く作法は必らず守ってもらいやしょう。一つ、家を出る時は姿を見られないように出ること。

亀やん酒をのんで黙って帰って行く。

石やん　(礼)お山へ行く作法は必らず守ってもらいやしょう。一つ、山から帰る時は必らずうしろをふり向かぬこと。

石やん酒をのんで黙って帰って行く。

元やん　(礼)お山へ行く道は裏山の裾を廻って次の山の柊《ひいらぎ》の木の下を通って裾を廻り、三つ目の山を登って行けば池がある。池を三度廻って石段から四つ目の山へ登ること。頂上に登れば谷の真向うが楢山さま。谷を右に見て次の山を左に見て進むこと。谷は廻れば二里半。途中、七曲りの道があって、そこが七谷《ななたに》というところ。七谷を越せばそこから先は楢山さまの道になる。楢山さまは道はあっても道がなく楢の木の間を上へ上へと登れば神様が待っている。

元やん酒をがぶがぶ飲んで黙って帰って行く。照やんカメを持って立ち上り、辰平を手招きして根っこの所に出る。辰平出て来る。

照やん　辰平やん、嫌ならお山まで行かんでも七谷のところから帰ってもいいのだぞ。

辰平　………。（不審顔）

照やん　これも、まあ、内緒で教えることになっているから、云うだけは云っておくぜ。

照やんカメを持って帰って行く。辰平縁側の戸を全部しめる。間をおいて上手の方で子供のような泣き声（又やんの泣き声）遠く聞える。次第に大きくなって東造、又やんをおぶって出て来る。東造花道を行く。おりん上手の戸をあけて顔を出す。泣き声を聞いている。おりん戸をしめる。花道から又やん馳けて来る。おりんの家の戸をかじる。おりん、上手の戸をあける。又やんうずくまって顔を隠している。東造花道から馳けて来る。又やんを眺めている。

おりん　辰平、辰平。

辰平出て来る。

辰平　どうしたんだ？

東造　縄ァ食い切って逃げ出しやァがった。

辰平　（東造に）馬鹿な奴だ。

おりん　又やん、つんぼゆすりをされるようじゃ申しわけねえぞ、「つんぼゆすりでゆすられて、縄も切れるし縁も切れる」って縄が切れるほどゆすられて、食い切ったなどと云われて、これじゃァ、歌の文句以上じゃねえか、生きているうちに縁が切れちゃァ困るら、そんなことじゃ山の神様にも息子にも申しわけねえぞ。

辰平　（東造に）今夜は止めなせえよ。（又やんの手を引いて）さあ帰りやしょう。

辰平、東造、又やん上手に去る。辰平すぐ戻ってきて。

おりん　バカな奴だ又やんは、因果の奴だ。

辰平　バカな奴だ、又やんの伜は。

おりん、辰平家の中に入る。戸をしめる。静かになって、下手の戸、大きい音でバタリとはずれて、おりんムシロと背板を持って立っている。上手の戸バタリとはずれて辰平身ごしらえして立っている。おりんと辰平見得。

おりん　辰平、しっかりしてくれなきゃ困るぞ。

辰平縁側から下りる。おりんのそばに行く。おりん背板を辰平の背にやる。辰平背板を背負う。

おりん　涙なんか出すようじゃ困るぞ、しっかりしてくれなきゃ。

おりん縁側から背板にのる。

おりん　辰平しっかりしろ。

辰平よろよろ歩く、根っこの所で。

おりん　辰平、しっかりしろ。

　辰平、花道で。

おりん　辰平、山へ行く時の作法は。

辰平　山へ行ったらものを云わぬこと。

おりん　(うなずいて) 辰平、お前にも苦労をかけるなァ、申しわけねえと思ってるから、かんにんしてくりょォ。

　辰平よろめいて、家の方あとに一足さがって踏み止まる。

おりん　辰平、しっかりしろ。

　おりん目をつむっている。辰平花道を楢山へ。開いている戸から玉やん出てくる。根っこの所で見つめる。上手で又やんの泣き声。玉やん家の中に隠れて覗く。東造、又やんを縛りつけて出て来る。ゆすりながら花道を行く。

第二幕　楢山

　幕開く。楢山の頂上。花道の上手寄りに岩角が突き出ている。岩から上手に白骨二、三ころがっている。岩は後へ高くなって下手の遠くまで連なっている。

辰平、おりんを背負って、下手の高所に立っている。歩いて岩角の手前で。

辰平　おっ母ァ、楢山さまだ、（間をおいて）ものを云うことができねえ。

辰平岩角を通る。おりん手を前へと振る。正面でおりん手足を動かす。辰平、おりんを降ろす。おりんムシロの上に呆然と坐す。からす大きく啼いて。

辰平　又やんが！（岩角の後の高い所を仰ぐ）

からすの啼き響いて岩の上に東造の上半身現われる。又やん縛られたまま上半身ひきずり出される。東造上で下むき。又やん下で上向き。二人とも上半身だけ。おりん、辰平驚いて立ち上る。義太夫絃楽に合わせて又やんの上半身東造にゆすられる。（踊り風に二、三分）絃楽止んで、再び鳴る。東造上半身をゆする。（踊り風に二、三分）東造の髪ほぐれる。この間に辰平ムシロを両手におりんに見せないようにふるえている踊り。又やん谷に落とされる。東造の姿消える。おりんムシロの上に立つ。両手を握り胸の前におく。辰平をうしろに向かせて押す。辰平よろめいて歩き出す。おりん坐る。からす啼く。辰平花道に去る。間をおいて、チラチラ雪、おりん驚愕。からす啼く。雪を見つめて手にとる。（唄、三味線）

〽塩屋のおとりさん運がよい
　山へ行く日にゃ雪が降る

雪はげしく降っておりん立ち上る。土の上に坐ってムシロを負う。前髪、胸、膝に雪降る。おりんの念仏の声低く始まる。次第に高くなって、ツケで辰平雪をかぶって花道から馳け戻ってくる。岩角に背延びして。

辰平　おっ母ァ、雪が降ってきた。

義太夫絃楽劇しく鳴って、おりん帰れ帰れと手を振る踊り（二、三分）。曲やんで再び劇しく鳴って辰平岩角に身体をこすりつけて踠《もが》く踊り（二、三分）、曲止んで再び劇しく鳴っておりん手を振る踊り（前と同じ）（義太夫絃楽は五曲共に同じ曲）

辰平　おっ母ァ、運がいいなァ雪が降って、（間をおいて）山へ行く日に。

太鼓、三味線で唄。辰平腰をおとす。

〽楢山祭りが三度来りゃよ
　　栗の種から花が咲く

唄と共に、辰平だけ残して廻り舞台。

第三幕　雪のおりんの家

第一幕と同じ、雪景色のおりんの家。雪止んでいる。人物は人形振りになっている。又やんの家との間の庭に義太夫絃楽とボンゴ、コンガの黒衣並んでいる。根っこのところにカメが置いてあって、白い喪服の照やん、亀やん、石やん、元やんの四人が辰平を出迎えている。縁側に、はん吉、とめ助、おかやの三人が人形振りに坐っている。家の中に、けさ吉、松やんの二人、人形振りで立っている。

鳴物（庭の横の義太夫絃楽、ボンゴ、コンガ）劇しく鳴って四人の村人、クヮルテットに組んで辰平の出迎えから家の中に入って仏壇に焼香までの踊り。下手に去る。鳴物劇しく鳴って松やんチョロチョロ動いてタンスの引出しからおりんの黒帯をとり出す。右手に持ってサッと投げる。帯は長くたれて松やん帯しごきの踊りまで。鳴物劇しく鳴ってけさ吉チョロチョロと動いて、根っこのカメの酒をのむ。タンスの引出しからおりんの綿入れを出して、大きく振って背にかけて松やんと見得までの踊り。鳴物のどかに鳴って、はん吉、とめ助の手叩き（せっせっせの遊び風に）の踊り。鳴物劇しく鳴って物置小屋からチョロチョロと玉やん走り出る。辰平のそばに立って楢山を歎く踊り。辰平立って玉やんと楢山に馳ける道行きの見得まで。鳴物劇しく鳴って村人のクヮルテット下手より走って来る。辰平と玉やんを花道で引き戻し、辰平、玉やん楢山に向って合掌。（鳴物五曲は同じ曲。第二幕の五曲とは別）

〔1958（昭和33）年「婦人公論」10月号 初出〕

P+D BOOKS ラインアップ

白い手袋の秘密　瀬戸内晴美　●「女子大生・曲愛玲」を含むデビュー作品集

耳学問・尋三の春　木山捷平　●ユーモアと詩情に満ちた佳品13篇を収録

青春放浪　檀一雄　●小説家になる前の青春自伝放浪記

風祭　八木義德　●肉親との愛憎の葛藤の歳月を紡ぐ連作集

女のいる自画像　川崎長太郎　●私小説作家が語る様々な女たちとの交情

伊豆の街道　川崎長太郎　●五十歳のやもめ作家と人妻との恋情を描く

P+D BOOKS ラインアップ

お守り・軍国歌謡集	山川方夫	●「短編の名手」が都会的作風で描く11編
天上の花・蕁麻の家	萩原葉子	●萩原朔太郎の娘が描く鮮烈なる代表作２篇
父・萩原朔太郎	萩原葉子	●没後80年。娘が語る不世出の詩人の真実
筏	外村 繁	●江戸末期に活躍する近江商人たちを描く
但馬太郎治伝	獅子文六	●国際的大パトロンの生涯と私との因縁を描く
達磨町七番地	獅子文六	●軽妙洒脱でユーモア溢れる初期5短編収録

P+D BOOKS ラインアップ

兎の結末・独身者の憂鬱　柏原兵三　●敗戦後に思春期を送る少年たちの日常を描く

悪魔のいる文学史　澁澤龍彦　●澁澤龍彦が埋もれた異才を発掘する文学史

明日という日　神吉拓郎　●都会に住む男女の微妙な心の機微を描く

夜風の縺れ　色川武大　●単行本未収録の39編と未発表の「日記」収録

火まつり　中上健次　●猟奇一家殺人事件を起こした男の壮絶な物語

天の歌　小説 都はるみ　中上健次　●現代の歌姫に捧げられた半生記的実名小説

（お断り）

本書は1975年に河出書房新社より発刊された単行本を底本としております。あきらかに間違いと思われるものについては訂正いたしましたが、基本的には底本にしたがっております。また、一部の固有名詞や難読漢字には編集部で振り仮名を振っています。

本文中には馬方、浮浪児、魚屋、小僧、百姓、妾、側女、八百屋、質屋、侍女、雲助、女郎、畜生、猟師、木樵、乞食、部落、きちがい、女中、奉公人、ひきずり女、つんぼゆすりなどの言葉や人種・身分・職業・身体等に関する表現で、現在からみれば、不当、不適切と思われる箇所がありますが、著者に差別的意図のないこと、時代背景と作品価値とを鑑み、著者が故人でもあるため、原文のままにしております。

差別や侮蔑の助長、温存を意図するものでないことをご理解ください。

深沢 七郎（ふかざわ しちろう）
1914（大正３）年１月29日―1987（昭和62）年８月18日、享年73。山梨県出身。1956年『楢山節考』で第１回中央公論新人賞を受賞。代表作に『笛吹川』『みちのくの人形たち』など。

P+D BOOKS とは

P+D BOOKS（ピー プラス ディー ブックス）とは
P+Dとはペーパーバックとデジタルの略称です。
後世に受け継がれるべき名作でありながら、現在入手困難となっている作品を、
B6判ペーパーバック書籍と電子書籍を、同時かつ同価格で発売・発信する、
小学館のまったく新しいスタイルのブックレーベルです。

無妙記

2023年5月16日　初版第1刷発行

著者　深沢七郎
発行人　石川和男
発行所　株式会社　小学館
〒101-8001
東京都千代田区一ツ橋2-3-1
電話　編集　03-3230-9355
販売　03-5281-3555
印刷所　大日本印刷株式会社
製本所　大日本印刷株式会社
装丁　おおうちおさむ　山田彩純
（ナノナノグラフィックス）

ISBN978-4-09-352464-3

P+D BOOKS